AF130118

BOOKS on DEMAND

Wen wir lieben,
dem geben wir die Macht,
uns Leiden zu bereiten.

(Türkisches Sprichwort)

Kevin Bishop

Ich bin kein Knuddelbär!

Bittersüße Einsamkeit

Aus der Reihe
„Vom Erwachsenwerden und Anderssein"

Bibliografische Information der Deutschen Nationalbibliothek:
Die Deutsche Nationalbibliothek verzeichnet diese Publikation in
der Deutschen Nationalbibliografie; detaillierte bibliografische
Daten sind im Internet über http://dnb.dnb.de abrufbar.

2., überarbeitete Auflage
Erstauflage 14.12.2014

Text   © 2014, 2015 Kevin Bishop
Covergestaltung   © 2015 Simon Löbert, http://sl-medien.com

Weitere Informationen unter
http://www.erwachsenwerden-anderssein.de

Herstellung und Verlag:
BoD – Books on Demand, Norderstedt, www.bod.de

ISBN: 978-3-7392-0445-1

Kapitelübersicht

Alles auf Anfang

Misstrauisch blicke ich mich um und steige völlig übermüdet aus dem Auto. Jetzt erst einmal richtig strecken, mein Rücken tut vom langen Sitzen weh.

Aber was will man schon anders erwarten. Schließlich bin ich gerade mit Mutti und meinem kleinen Bruder im vollgepackten Trabi mit Anhänger die halbe Nacht durch die Gegend gefahren. Eine halbe Weltreise inklusive einer Kehrtwende über vier Spuren Autobahn, nachdem wir fast zwei Stunden in die falsche Richtung gefahren sind.

Aber Mutti wollte mir ja nicht glauben, dass die Orte auf den Straßenschildern nicht mit denen auf Vatis Zettel übereinstimmen. Also an einem Rastplatz rausfahren, in die Karte schauen und dann mit Vollgas einmal kehrt. Gut, dass nicht viele unterwegs waren.

Und das alles nur, um dieses schicke kleine Haus mit Doppelgarage und Garten in einer schmalen Seitenstraße des eigentlich idyllisch anmutenden Örtchens Kotzenhof zu erreichen. Wer zur Hölle gibt einem Ort nur einen solch seltsamen Namen?

Misstrauisch bin ich aber nicht nur deshalb. Das kann ich außerdem verdammt gut. Wenn es einen Wettbewerb in misstrauisch umherschauen gäbe, wäre ich sicherlich unter den Favoriten, wenn nicht sogar Erstplatzierter.

Obwohl unser alter Wohnort mit nur knapp 25 Häusern recht überschaubar ist, wirkt dieses Dorf trotz seiner mehreren Hundert Häuser durch seine verwinkelten Sträßchen sehr verschlafen. Auch das Haus ist kleiner als das, in dem ich bisher aufgewachsen bin. Doch nun haben wir nicht mehr nur eine Erdgeschosswohnung in einem Mehrfamilienhaus, sondern unser eigenes Haus.

Gespannt schaue ich die enge Straße hinunter und seufze kaum hörbar. Wer weiß, was dieser neue Ort für mich bereithält. Unser erster Umzug ist es jedenfalls nicht – aber vielleicht endlich der letzte.

„Kommt steigt aus, wir sind da!"

Vati ist bestimmt noch mit dem Lastwagen und den Möbeln unterwegs und wird sicherlich bald eintreffen. Dann würde es heißen: anpacken und ausladen helfen.

Hoffentlich dann etwas reibungsloser als beim Aufladen vor zwei Tagen. Muttis Ohrfeige kann ich immer noch deutlich in meinem Gesicht spüren.

Noch nie hat sie mich wirklich ernsthaft geschlagen. Doch vorgestern ist ihr die Hand ausgerutscht, weil ich ihr wohl tierisch auf die Nerven gegangen bin. Auch das kann ich ziemlich gut, wenn ich will.

Durch den Schlag bin ich ein ganzes Stück nach hinten getaumelt und mit dem Rücken gegen den Kühlschrank gestoßen. Die blauen Flecke werde ich garantiert noch einige Tage sehen können.

Jetzt heißt es also, bloß nicht unnötig provozieren. Schließlich lagen im vergangenen Monat die Nerven bei uns allen oft genug blank. Den gesamten Lebensmittelpunkt innerhalb so kurzer Zeit aus der gewohnten Umgebung in ein absolut neues Umfeld zu verlagern ist aber auch nicht wirklich einfach.

Ich muss grinsen, wenn ich an die Gesichter meiner Mitschüler und Lehrer denke, als wir uns vor wenigen Tagen mitten während des üblichen Appells zum Schuljahresbeginn von der Mittelschule in Písek abgemeldet haben. Während sie sich alle schön brav mit Pionierhemd, schwarzen Hosen oder Röcken und Halstuch in Reih und Glied die Füße in den Bauch stehen durften, hatten wir kurze Hosen und T-Shirts an. Die haben vielleicht blöd aus der Wäsche geschaut. Nach dem Appell haben wir uns dann von unseren Lehrern und Mitschülern verabschiedet.

Endlich weg von dort, aber was würde die Zukunft für mich – für uns – bereithalten? Noch vor acht Wochen habe ich dort die siebte Klasse besucht, bevor wir die Sommerferien im fränkischen Lauf verbrachten.

Wir - das sind Vati, der eigentlich Dominik heißt, Stanka, meine Mutti, Tonda, mein jüngerer Bruder und natürlich ich – Marek Daniel. Daniel ist unser Familienname. Manchmal etwas lästig, einen Vornamen als Nachnamen zu haben. Aber auch manchmal lustig.

Der dreiwöchige Urlaub in Mittelfranken war echt schön, auch wenn sich meine Eltern nicht nur entspannen wollten. Sie haben sich – meist ohne uns Kinder – nach einem Haus und Arbeit umgesehen. Zu schlecht sind die Perspektiven in Semice und Umgebung, sagen sie.

Papa arbeitet schon seit gut zwei Jahren in Mittelfranken und kommt dann meist nur an den Wochenenden nach Hause. Mutti ist arbeitslos, seit die LPG zugemacht hat. Bislang hat sie noch nichts Neues.

Wenig später haben wir dann tatsächlich etwas gefunden, was auch meinem Bruder und mir gefallen hat. Vor allem die Aussicht auf ein eigenes Zimmer nach elf gemeinsamen Jahren überzeugte uns relativ schnell.

Naja, eigentlich mag ich ihn ja schon, auch oder obwohl er gerade einmal 18 Monate jünger ist als ich. Und das obwohl wir von Grund auf verschieden sind. Ich habe braune Haare und braune Augen, er ist blond und blauäugig. Während ich eher introvertiert und oft schüchtern bin, nimmt mein Bruder jedes Abenteuer mit, das die Umgebung für ihn bereithält. Wirklich jedes!

Nicht selten diskutierten wir – wenn auch meist nicht so ganz ernst gemeint - darüber, ob wir überhaupt miteinander verwandt sein können.

Vielleicht habe ich ihn ja auch deshalb mit einer Ohrfeige begrüßt, als wir Mutti und Tonda nach seiner Geburt aus dem Krankenhaus abholten. Mittlerweile bin ich meist der Unterlegene, wenn es um Schlägereien geht, sofern es überhaupt dazu kommt. Ich drücke mich meist erfolgreich um eine Prügelei mit ihm oder anderen.

Oft sitze ich nämlich über meinen Büchern, die ich mir für kleines Geld gekauft oder in der Bibliothek ausgeliehen habe. Egal ob Sachbücher, Science Fiction oder Fantasy, ich verschlinge alles, was zu haben ist. In ruhigen Momenten greife ich aber auch gern selbst zum Füller und schreibe Gedichte oder kleinere Geschichten. Ich kann dann immer prima abschalten und vergessen.

Vor allem im Deutschunterricht bei den Aufsätzen bin ich – sehr zum Unmut meiner Lehrerin – oft nicht zu bremsen. Während andere mit Mühe und Not die geforderten 300 Wörter zusammenschreiben, schreib ich meist das Drei- oder gar Vierfache der vorgegebenen Länge. Natürlich tue ich das nicht, um meine Lehrerin zu ärgern, sondern weil es einfach aus mir herausfließt. Ich bin allerdings auch meist einer der Letzten, die ihre Aufsätze abgeben. Vor allem, wenn wir sie zu Hause schreiben müssen. Termindruck mag ich. Macht irgendwie kreativer.

Mein Bruder Tonda hingegen ist ein Wildfang. Sportlich und scheinbar furchtlos klettert er auf hohe Bäume, streunt durch die nahen Wälder, baut Hütten und prügelt sich mit anderen – vor allem größeren - Jungen. Nicht selten kommt er dann mit kleineren Verletzungen nach Hause. Und ich muss ihm dann immer den Schulranzen hinterhertragen, weil er gerade wieder einem Kontrahenten hinterher sprintet. Erwischt er ihn, wird er meist mit zahlreichen Schlägen eingedeckt.

An unserer alten Schule besaß er zwei Hausaufgabenhefte – eines für die Hausaufgaben, das andere für die Einträge der Lehrer. Letzteres war voller.

Auch er freut sich nun über sein eigenes Zimmer. Schließlich haben wir uns lange genug einen kleinen Raum geteilt. Und wir bekommen sogar neue Möbel!

Ich sitze zwar gern drin, bin aber ebenfalls viel draußen unterwegs. Fahre dann allerdings oftmals allein mit meinem roten Rad umher. Meist lege ich mich dann auf eine Wiese, in die Weizenfelder am Ortsrand oder sitze in einer alten knorrigen Weide an der Panzerstraße, die an unserem Heimatort vorbeiführt, schau in den Himmel und träume vor mich hin. Dabei kann ich hervorragend in meine eigene Gedankenwelt abtauchen und alles andere um mich herum vergessen. Nicht selten bin ich deshalb über mehrere Stunden nicht aufzufinden. Zum Essen bin ich aber dennoch immer pünktlich.

Ich baue aber auch mit den anderen Kindern im Ort an gemeinsamen Hütten – sogar mit Tonda und dessen Freunden. Die Auswahl bei nur knapp 30 Familien ist allerdings auch nicht sonderlich groß. In den meist stundenlangen Spielen verlieren wir uns gemeinsam in unserer Fantasie. Oft gelingt es mir, die anderen mit meinen Geschichten mitzureißen oder wir spielen Filme nach.

Dann wird aus der Hütte aus Ästen und Zweigen schon mal ein doppelgeschossiges Wohnhaus, die Freunde sind Kaufleute, Abenteurer, Piraten – oder was auch immer gerade angesagt ist. Bei den Mädchen bin ich – vermutlich wegen meiner ruhigen Art – ziemlich beliebt. In den ersten vier Klassen hatte ich eigentlich immer eine Freundin oder manchmal sogar mehrere.

In meiner alten Klasse gehörte ich meist zu den besten Schülern, was allerdings nicht bei jedem auf Gegenliebe und Anerkennung stieß. Denn zum einen tue ich dafür kaum etwas und zum anderen vermische ich zu gern meine blühende Fantasie mit der Realität.

Wo piept es denn?

Nach einem Unfall im Sportunterricht vor knapp dreieinhalb Jahren konnte ich für ein paar Tage auf meinem rechten Ohr nichts hören. Ich war im Sportunterricht vom Barren gestürzt und ziemlich unglücklich gelandet. Ein paar Zentimeter weiter rechts und ich wäre nicht mehr auf der Matte gelandet, sondern auf dem blanken Boden.

Keine wirklich schöne Vorstellung!

Und plötzlich wurde ich von meinen Eltern mehr umsorgt. Sie lasen mir fast jeden Wunsch von den Augen ab. Auf einmal stand ich im Mittelpunkt - ich! Das muss man sich mal vorstellen! Ich, der sich selbst als das weniger geliebte Kind seiner Eltern fühlte, weil ich ihnen in wirklich absolut gar nichts nachschlug.

Ich war nämlich keine Sportskanone und auch nicht so handwerklich begabt wie mein jüngerer Bruder oder Vati. Was Vati hingegen anpackte, wurde zwangsläufig zum Erfolg. Auch das Spinnrad für das Theaterstück meiner Klasse in der fünften. Wir spielten damals Rumpelstilzchen vor unseren Eltern und auch auf dem Pausenhof vor der gesamten Schule. Als ich zuvor noch ein Stück auf meinem Tenorhorn vorspielen musste, habe ich mich ständig verspielt. Vor der ganzen Schule.

Oh, das war vielleicht peinlich.

Auf Bäume kletterte ich zwar auch ab und zu, aber bei manchen übermannte mich dann die Angst und ich wusste im ersten Moment nicht, wie ich wieder hinunter kommen sollte. Also blieb ich lieber am Boden. Im Gegensatz zu Tonda natürlich. Auch Mutti war in ihrer Jugendzeit eine erfolgreiche Sportlerin gewesen und arbeitete später als Leiterin einer Großküche.

Und so war doch klar, dass ich nach dem unfreiwilligen Absturz die neu gewonnene Aufmerksamkeit jeden dieser Momente genoss und nicht so schnell wieder aufgeben wollte. Obwohl ich bereits nach einigen Tagen wieder richtig hören konnte, setzte ich die Charade fort. Zu sehr hatte ich mich nach der Zuneigung gesehnt, die ich vermeintlich weniger bekam als Tonda.

Vati und Mutti stritten das natürlich immer ab, tun sie auch jetzt noch. Aber welche Eltern würden schon zugeben, dass sie eines ihrer Kinder lieber haben. Ich schätze mal, das käme schon etwas schräg.

Auch in der Schule spielte ich weiterhin den einseitig Tauben. Schnell begriffen die anderen Kinder, dass ich sie nicht hören konnte, wenn sie auf meiner rechten Seite über mich sprachen. Das nutzte mir immer dann, wenn meine Mitschüler über mich lästerten, was leider nicht selten vorkam. Bis dahin dachte ich eigentlich, ich sei beliebt. Nun hörte ich jedes Wort und wusste so, wie sie wirklich über mich dachten. Allerdings traute ich mich nicht, das Gehörte gegen die Mitschüler zu verwenden, da ich sonst auffliegen würde.

Schon oft hatten mich meine Klassenkameraden bloßgestellt oder bis aufs Blut gereizt. In der zweiten Klasse zum Beispiel: Damals hatte mir ein anderer Junge zwischen die Beine getreten und es tat höllisch weh. Als mich die Lehrerin vor allen Mitschülern fragte, warum ich weine, antwortete ich, dass er mir in meinen Pullermann – so nannten „ihn" meine Eltern - getreten habe. Das gab ein riesiges Gelächter! Mehr als zwei Monate durfte ich mich danach so nennen lassen.

Deshalb zog ich mich meist zurück und fraß lieber alles in mich hinein. Jetzt aber nutzte ich das Gehörte hier und da für kleinere, unauffällige Sticheleien hinter dem Rücken der anderen aus. Wenn die gewusst hätten, dass ich sie hören kann, das hätte wohl ein schönes Theater gegeben.

Alle zwei Monate fuhren wir zur Untersuchung nach Strakonice. Weil der Ohrenarzt dort auch nach Monaten die Ursache nicht finden konnte, schickte er mich in die Universitätsklinik nach Pilsen. Dort gelang es schließlich der Oberärztin, mich hinters Licht zu führen. Der Ohrenarzt hatte bisher immer angekündigt, auf welches Ohr er die Töne schicken würde und ich konnte mich somit prima drauf einstellen, gar nichts zu hören. Kamen die Töne auf das rechte Ohr, hörte ich eben einfach nichts.

Kinderleicht war das!

Die Klinikärztin jedoch sendete die Töne abwechselnd erst auf jeweils ein Ohr, dann auf beide gleichzeitig. Das hatte mich dann echt verwirrt. Sie wurde schließlich dann doch skeptisch, weil ich einige Male signalisierte, dass ich gehört hätte, obwohl ich nichts hätte hören dürfen.

Irgendwann gelang es mir nicht mehr eindeutig herauszufinden, auf welchem Ohr ich denn nun tatsächlich gehört hatte. Als ich die schalldichte Kabine verließ, wusste ich sofort, dass ich ertappt worden war. Also plante ich zu fliehen – klappte ja in Abenteuerfilmen auch meistens. Gut, aus dem Fenster springen kam im vierten Stock nicht wirklich in Frage – also ab durch die Tür. Aber dort baute sich bereits eine bullige Krankenschwester auf und versperrte mir somit den Weg in die Freiheit.

Da war einfach kein Durchkommen!

Die Ärztin war natürlich nicht sonderlich begeistert, hielt mir einen ewig langen Vortrag über Vertrauen, Betrug und Missbrauch. Auch in den Gesichtern meiner Eltern konnte ich die Enttäuschung deutlich sehen. Schweigend fuhren wir wieder nach Hause. Ich fühlte mich so mies. Wusste nur nicht, ob wegen der Lüge oder weil ich erwischt worden war.

Das Verhältnis zu meinen Eltern – vor allem zu Vati – litt dadurch enorm, zumindest in meiner Wahrnehmung. Zugegeben das Verhältnis zu Vati war noch nie etwas, was man unbedingt als liebe- und verständnisvoll bezeichnen konnte. Jetzt hatte ich aber erst recht das Gefühl, dass Vati Tonda lieber hatte, als mich.

Aber daran war ich ja nicht ganz unbeteiligt und es war ja auch überhaupt nicht wahr.

In der Schule setzte ich die Charade noch einige Wochen fort, mein Gehör wurde dabei von Woche zu Woche besser – dank der tollen Behandlung in der Uniklinik. Naja, auf irgendeine Weise musste ich ja erklären, warum ich wieder hörte und nicht mehr zum Ohrenarzt musste.

Dem musste ich es auch noch erklären. Irgendwie tat er mir ja auch ein bisschen leid, dass ich ihn so lange erfolgreich angeschwindelt hatte. Aber eigentlich hätte es ja auch merken müssen. Lange genug „behandelt" hat er mich ja schließlich. Er hat eben nur nie die Ursache für die einseitige Taubheit gefunden.

Schnitzel schwimmen nicht

Knapp einen Monat nach meinem zwölften Geburtstag erwachte ich an einem Samstagmorgen mit starken Bauchschmerzen. Jede Bewegung schmerzte und so lag ich einfach nur zusammengekrümmt in meinem Bett und weigerte mich aufzustehen.

„Kommt frühstücken", rief Mutti aus der Küche.

Doch ich hatte keinen Appetit – was an sich schon sehr ungewöhnlich war. Selbst der Besuch der Toilette hatte keine spürbare Besserung gebracht. Statt wie Tonda nach draußen zu gehen und zu spielen, lag ich auch gegen Mittag noch immer auf meinem Bett und klagte über Schmerzen im Unterleib.

Vati glaubte mir natürlich nicht.

„Du markierst doch nur – steh endlich auf und geh raus. Los, raus mit dir!"

Unter Schmerzen zog ich mich also um, aber rausgehen wollte ich nicht.

„Mutti, darf ich bitte drinnen bleiben? Mein Bauch tut so furchtbar weh!"

Mutti nickte nur stumm. Also vergrub ich mich wieder in meinem Zimmer und begann zu lesen. Vielleicht lenkte mich das ja etwas ab. Aber selbst sitzen tat weh, weshalb ich das Buch wieder zur Seite legte. Als ich auch das Mittagessen ausfallen lies – und das war für mich absolut ungewöhnlich - machte sich auch Mutti endlich ernsthafte Sorgen. Vati natürlich nicht.

Zwei Stunden später waren die Schmerzen noch immer nicht abgeflacht, also setzte sie mich ins Auto und fuhr zum Krankenhaus. Dort angekommen, mussten wir erstmal noch eine gefühlte Ewigkeit warten, bis der Arzt meinen

Bauch abtastete. Vor lauter Nervosität waren die Schmerzen verschwunden. Ich wäre fast ausgeflippt.

Scheiße, waren seine Hände kalt – und rau!

„Ihr Sohn muss hier bleiben", sagte er an Mutti gerichtet, „er muss noch heute Abend operiert werden."

„Heute Abend?"

„Wir haben hier eine akute Blinddarmentzündung."

Ich saß den Tränen nahe daneben, als sie über Notfall, Einlieferung, mindestens eine Woche Aufenthalt und solche Dinge sprachen. Aufschneiden?! Was soll das denn? Geht das nicht anders? Bauchschmerzen verschwindet!

Ich wollte mich nicht aufschnippeln lassen.

Denn das bedeutete auch wieder nähen und ich hasse Nadeln, vor allem, wenn sie in mich hineinstechen. Wie sechs Monate zuvor, als ich mir beim Schnitzen in den linken Zeigefinger schnitt und eine gehörige Sauerei im Treppenhaus veranstaltete. Mutti brachte mich damals zum Kinderarzt, der die Wunde mit etlichen Stichen nähte. Ich hatte dabei geplärrt wie ein kleines Kind.

Bin eben doch manchmal ein Sensibelchen.

„Das ist doch alles nicht so schlimm. Vor kurzem hatte wir einen Jungen hier, dessen Vorhaut wir nähen mussten, weil er sie sich im Reißverschluss eingeklemmt hatte", versuchte mich die Schwester damals zu beruhigen.

Wirklich sehr beruhigend!

Und was bitte interessierte mich die Vorhaut eines anderen?! Zugegeben eine tolle Vorstellung war es echt nicht. Und mein Finger wurde gerade zum Nadelkissen! Jetzt sollte es mein Bauch werden.

Warum nur immer ich?

Während also Mutti nach Hause fuhr, um eilig ein paar Sachen zusammen zu packen, bezog ich mein Zimmer auf der Kinderstation. Direkt neben dem Fernsehzimmer – na toll! Noch am selben Abend wurde ich dann tatsächlich wie vom Arzt angekündigt operiert – wie sich herausstellen sollte, wohl gerade noch rechtzeitig, bevor es zu einem Durchbruch gekommen wäre. Der hätte dann unter Umständen zu Infektionen und wer weiß alles geführt.

Dass ich danach eine coole Narbe hätte, auf die jedes Mädel abfahren würde, war mir dabei völlig egal. Schließlich hatte ich schon drei andere Narben, die mich verunstalteten. Fand ich zumindest.

Ja gut, die über meinem rechten Auge sieht schon irgendwie cool und verwegen aus. Als hätte ich mich geprügelt. Dabei bin ich als dreijähriger Steppke im Kindergarten nur rücklings von der Bank gerutscht und – wie konnte es auch anders sein – mit dem Gesicht voran auf ihr aufgeschlagen. Schöne Sauerei sei das gewesen. Ich hätte gebrüllt wie am Spieß.

Bin eben doch nicht wie Tonda.

Die anderen zwei Narben verunstalteten meinen Bauch. Im Alter von neun Monaten und eineinhalb Jahren hatte ich mir auf jeder Seite einen Leistenbruch zugezogen, von dem nun eine Furche durch die sonst so glatte Haut meines Unterleibs erzählte.

Die Operation lief ziemlich gut und schon nach knapp drei Stunden lag ich wieder in meinem Zimmer. Ob die Ärzte selbst schon mal versucht haben, beim Einleiten einer Vollnarkose von zehn rückwärts zu zählen, während sie mit Flutlichtstrahlern ins Gesicht blenden und eine Maske auf das Gesicht pressen?

Ich hatte keine Vorstellung, wie lang zehn Tage im Krankenhaus dauern würden. In den ersten zwei Tagen nach der Operation gab es nichts zu essen. Ich hing ja eh an diesem komischen Tropfding, in dem angeblich ein Schnitzel schwimmen sollte. Obwohl ich mich echt anstrengte, konnte ich nur eine klare Flüssigkeit erkennen. Aber Schnitzel können ja schließlich auch nicht schwimmen. Olle Lügenbande! Danach gab es Grießbrei und Suppe – wenigstens etwas. Ich liebte Grießbrei. Als ich am dritten Tag noch immer nur im Bett rumlag, bekam ich einen Anpfiff der Krankenschwester.

„Raus aus dem Bett, du musst dich bewegen."

Also quälte ich mich aus dem Bett und setzte mich an einen Minitisch auf einen Babystuhl – so wie die in einem Kindergarten. Hatte die nicht gemerkt, dass ich schon zwölf und schwer verwundet bin? Dass ich davon Schmerzen hatte, interessierte sie ebenfalls nicht.

Im Nebenzimmer liefen damals viele Filme mit Bud Spencer und Terence Hill. Ich liebe diese Filme und kenne fast alle auswendig. Vom Bett aus konnte ich sie nur hören, aber nicht sehen. Das Lachen tat mir trotzdem weh. Und ich musste dabei ziemlich oft lachen!

Erst ab dem sechsten Tag durfte ich endlich wieder feste Nahrung zu mir nehmen. Sie verlegten mich in ein anderes Zimmer, in dem noch acht weitere Jungen schliefen. Wie üblich tat ich mich schwer, Anschluss an die anderen Kinder auf der Station zu bekommen.

Die größte Anstrengung bestand jedoch darin, mir bei der gemeinsamen Morgentoilette nicht anmerken zu lassen, dass ich auf die Körper der anderen Jungen schielte. Man muss ja schließlich vergleichen, was die anderen da so zu bieten haben. Machen ja alle – oder zumindest viele – oder doch keiner – oder nur ich?

Meist lag ich deshalb allein im Zimmer und las. Meine Eltern kamen nur selten zu Besuch, mussten sie doch jeden Tag arbeiten. Vati kam gar nicht. Er müsste dann zugeben, dass er zu Unrecht an mir gezweifelt hatte.

Am vorletzten Tag wurden die Fäden gezogen. Ich glaube ja manchmal, dass unter den Ärzten und Schwestern auch welche sind, die anderen nur gern wehtun. Das Herausziehen der Fäden dauerte gefühlt Stunden und bereitete unbeschreibliche Schmerzen.

Nach meinem Krankenhausaufenthalt zog ich mich noch mehr zurück, vergrub mich in meinen Büchern und vertraute mich kaum noch jemandem an. Einen Vorteil hatte die Operation – ich war vorübergehend vom Sportunterricht befreit. Dumm nur, dass ausgerechnet in der Zeit viele Spiele auf dem Programm standen, die ich nun nicht mitmachen durfte.

Es dauerte mehrere Monate, bis die Narbe komplett verheilt war. Immer wieder brach sie auf und eiterte sogar. Der Kinderarzt überlegte sogar, mich noch einmal ins Krankenhaus zurück zu schicken. Zum Glück hörte es dann irgendwann auf. Im Sommer mit einem Verband auf dem Bauch herumzulaufen, wäre echt nicht schön gewesen.

Auch wenn ich mit Baden und Strand im Moment nicht mehr ganz so viel am Hut hatte.

Dies war nicht zuletzt den Veränderungen geschuldet, die ich an mir selbst wahrnahm. Nicht nur mein Körper veränderte sich. Alles wurde irgendwie größer und – igitt – haariger, sondern auch meine Gefühle und die kamen leider immer in den falschen Momenten.

Und sie wurden zunehmend verwirrender!

Nächtliche (Alb-)Träume

Während andere Jungen in meinem Alter nur noch über Mädchen reden oder sogar schon eine Freundin haben, kann ich den Mädchen einfach nichts abgewinnen. Ich habe zwar viele Freundinnen und komme mit Mädchen im Allgemeinen sehr gut aus. Aber Gefühle für sie wollen sich bei mir irgendwie nicht entwickeln.

Anders ist es bei den Jungen. Wie oft ertappe ich mich dabei, dass ich einem anderen Jungen nachsehe oder nachts von ihnen träume. Bei manchen Jungen verfalle ich sogar regelrecht in Tagträume, während ich mir vorstelle, wie sie sich wohl in ihren engen Jeans oder ohne T-Shirt anfühlen würden.

Hoffentlich beobachtet mich keiner, wenn ich ihnen im Sportunterricht, Freibad, Kino oder auch auf der Straße hinterher starre!

Denn das darf natürlich keiner wissen – nicht einmal meine Familie – vor allem nicht die! Vati hat mich doch sowieso schon nicht lieb.

Immerhin sabbere ich nicht.

Nachts liege ich meist in meinem Bett und träume von anderen Jungen, die ich kenne oder die ich zufällig auf der Straße gesehen habe. Wenn ich die Augen schließe, kann ich ihre Gesichter und Körper deutlich vor mir sehen. Dann träume ich davon, dass wir befreundet sind und etwas miteinander unternehmen. Wir fahren gemeinsam umher, liegen auf der Wiese und schauen in den Himmel, wir lachen zusammen und erzählen uns Geschichten. Ich male mir aus, wie sie wohl unbekleidet aussehen könnten und wie es wäre, wenn sie – wenigstens nur einer von ihnen – ähnlich empfinden würden wie ich.

Das ist also mein kleines Geheimnis und oft schäme ich mich dafür, anders zu sein. Nicht selten schlafe ich deshalb leise weinend ein. Oft grüble ich darüber nach. Bin ich nicht so schon genug „anders"?! Bestimmt bin ich der einzige, der solche perversen Gedanken hat.

Warum fühlen sich meine Gefühle so falsch und gleichzeitig so richtig an? Warum sitze ich lieber über meinen Büchern, warum habe ich so eine sprudelnde Fantasie, warum bin ich in Musik sehr gut und in Sport eine Niete? Warum prügele ich mich nicht wie andere Jungen? Und warum träume ich nicht von Mädchen?!

Rote Grütze mit Vanillesoße

Nur einmal hatte ich mich ernsthaft geprügelt – auf einer Klassenfahrt ins Elbsandsteingebirge. Niemand hatte damit gerechnet, nicht einmal ich selbst. Radek, der andere Junge, hatte mich schon seit Tagen geärgert und wie üblich hatte ich damals auch alles in mich hineingefressen. Eigentlich müsste ich es ja von ihm gewohnt sein.

Nachts erzählten sich die anderen Jungen im Sechsbettzimmer Horrorgeschichten und zogen mir ständig die Bettdecke weg. Dabei wollte ich doch nur endlich schlafen. Ich bin nämlich immer mies gelaunt, wenn ich nicht ausreichend geschlafen habe. Sie machten sich noch mehr über mich lustig, weil ich mich darüber aufregte.

Allen voran Radek.

Schon seit der zweiten Klasse schien dieser es auf mich abgesehen zu haben. Damals hatte ich mich – die Geschichte mit dem Pullermann - vor der ganzen Klasse blamiert und gleichzeitig Radek einigen Ärger beschwert. Selbst jetzt war es mir noch peinlich!

Nach einer kilometerlangen Wanderung am nächsten Tag eskalierte die ganze Situation dann schließlich. Gemeinsam mit unseren Lehrern hatten wir knapp 20 Kilometer zurückgelegt. Wir waren dabei auch zu einem kleinen See gekommen, der uns als willkommene Abkühlung diente. Als ich meine Schuhe auszog, erschrak meine Klassenlehrerin: Meine Zehen bluteten.

Ich hatte nur sogenannte Essensgeldturnschuhe an, die mittlerweile eine Nummer zu klein waren. Sie hießen deshalb Essensgeldschuhe, weil sie genauso viel kosteten wie zwei Wochen Schulessen. Meine Lehrerin sah keine andere Wahl, als meine Schuhe an der Spitze aufzuschneiden. So hatten meine Zehen wieder Freiraum und ich konnte die Wanderung fortsetzen.

Sie kaufte mir später neue Schuhe.

Die Herberge lag in einem schönen Waldstück, weshalb wir Kinder jede freie Minute draußen verbrachten. Und so tobten wir auch trotz der langen Wanderung in kleinen Gruppen durch das Geäst und spielten lautstark Räuber und Gendarm.

Radek zog mich immer wieder auf.

„Du rennst ja wie ein Mädchen!"

„Schaut mal, der kleine Marek putzt sich schon wieder die Hosen ab. Darfst wohl nicht dreckig werden?"

Etliche Male schubste er mich, so dass ich kopfüber im nahen Gebüsch oder auf dem Boden landete.

Irgendwann hielt ich es dann nicht mehr aus und stürmte laut schreiend auf Radek zu.

„Halt … endlich … dein fieses Maul, du … dummes langes Arschloch!"

Lang war er zwar – immerhin fast zwei Köpfe größer als ich - was Böseres fiel mir leider nicht ein. Erst einige Stunden später hatte ich tolle Beleidigungen parat.

Wie leider viel zu oft!

Mehrere Minuten schlug ich weinend und brüllend auf den völlig verdutzten Jungen ein. Es schien, als würde sich meine ganze angestaute Wut der letzten Schuljahre auf einmal an ihm entladen.

Irgendwie waren die umherstehenden Jungen und Mädchen meiner Klasse von meinem Ausbruch noch überraschter als ich, denn sie konnten mich nur mit großer Mühe von Radek herunterziehen.

Unsere Klassenlehrerin fand die Prügelei allerdings voll daneben. Konflikte müssten anders gelöst werden. Ein friedliebender Pionier benähme sich nicht so widerlich. Möchte nicht wissen, wie sie meine „perversen" Träume von halbnackten Jungen gefunden hätte.

Noch am gleichen Abend durfte ich in ein Vierbett-zimmer umziehen, in dem bisher nur drei Mitschüler untergebracht waren. Wir unterhielten uns zwar auch die halbe Nacht, aber wenigstens keine Gruselgeschichten.

Am nächsten Tag musste ich zur Strafe Küchendienst schieben, während meine Klasse in den nahen Bergen wanderte. Dabei wäre ich auch gern wieder gewandert. Und das obwohl meine Schuhe noch immer drückten.

Zugegeben, in der Küche fühlte ich mich allemal wohler. Für den abendlichen Gulasch schälte ich gefühlte zweitausend Kilo Kartoffeln – naja, es waren vielleicht doch nur fünf oder so. Und das ohne mich zu schneiden.

Abends geriet mein Zimmer mit dem Sechsbettzimmer um Radek in Streit. Den genauen Grund weiß ich nicht mehr, aber ich glaube, es war nur eine Kleinigkeit. Gemeinsam wehrten wir die verbalen und körperlichen Angriffe des anderen Zimmers mehr oder weniger erfolgreich ab. Wir gewannen zwar, allerdings gingen dabei die Knöpfe an Daniels Hemd flöten. Da mir Mutti Nähzeug eingepackt hatte, konnte ich sie ihm wieder annähen.

Der Sieg brachte uns dennoch einen Tag Küchendienst ein und so saßen wir am nächsten Vormittag gemeinsam in der Küche und kochten für unsere Mitschüler und Lehrer. Den Nachtisch allerdings – Rote Grütze mit reichlich Vanillesoße - durfte ich unter Aufsicht der freundlichen Küchenchefin ganz allein zubereiten.

Hier legte ich den Grundstein für ein großartiges Hobby. Allerdings sollte ich das erst viele Jahre nach der Klassenfahrt herausfinden.

Neue Schule(n) – neues Glück

Das Ganze ist nun schon eine Weile her und liegt – auch durch den Umzug nach Bayern – weit hinter mir. Hier in der neuen Umgebung würde vielleicht einiges anders, mein Geheimnis aber würde ich auf jeden Fall weiter für mich behalten. Meine Träume sind jedoch geblieben und oftmals wache ich mit klebrigem Zeug auf meinem Bauch auf. Habe in einem Buch gelesen, das sei für 13-Jährige normal und ich bin ja immerhin nun schon 13 Jahre, sechs Monate und acht Tage alt!

Willkommen in der neuen Welt - Kotzenhof!

Die nächsten Tage bestehen aus Möbel schleppen und aufbauen, wieder umstellen, weil sie dort nicht gefallen. Und vor allem aus Kartons – massenweise Kartons. Seufzend packe ich den letzten Umzugskarton und schleppe ihn hinauf in mein neues kleines Reich.

Es ist nicht sehr groß und liegt direkt unter dem Dach, auf einer Seite ein großer Wandschrank, gleich daneben das Fenster zum Garten mit dem Schreibtisch und auf der gegenüberliegenden Seite die Schräge der anderen Dachseite. Dort haben schon meine Kommode Platz gefunden und mein bequemes Bett.

Zum Einleben werden wir noch weitere zwei Wochen haben, da die Schule erst Mitte September beginnt. Welcher Schüler träumt nicht von neun unendlich langen Wochen Sommerferien?

Abgesehen vielleicht von mir!

„Räumt eure Sachen ein und kommt dann zum Abendessen!", ruft Mutti von unten.

Also räume ich meine Kartons aus und sortiere alles fein säuberlich in den Kleiderschrank. Spätestens in vier

Wochen würde eh vieles davon auf dem Boden liegen. Aber wenigstens jetzt soll es ordentlich aussehen.

Im Nachbarzimmer, welches ich mir mit meinem Bruder teilen darf, steht schon ein großes Bücherregal, ein Sofa mit Couchtisch und der neue gemeinsame Fernseher mit Satellitenanschluss. Endlich mehr als drei Sender!

An das Gemeinschaftszimmer schließen sich Muttis Bügelzimmer und hinter einer Schiebetür ein Klo mit Waschbecken an – verdammt eng da drin. Auf der anderen Seite der Treppe liegt das kleine Zimmer meines Bruders Tonda. Auch hier finden sich Bett, ein Wandschrank und ein Schreibtisch unter dem Fenster zur Straße wieder.

Meines ist größer, aber für ihn reicht es.

Dann steige ich die Treppe hinunter.

Im Erdgeschoss befinden sich das Wohnzimmer und das Schlafzimmer meiner Eltern, die Küche, aus der es bereits köstlich riecht, und das Badezimmer. Es ist kleiner als unser letztes. Wir haben jetzt auch eine Ölheizung. Der Kachelofen im Wohnzimmer unserer alten Wohnung hat mir besser gefallen. Der machte immer alles mollig warm. Aber Vati hat schon einen neuen für das Wohn- und Schlafzimmer geplant.

Durch eine Tür kann man in den muffigen Keller gelangen, durch eine weitere Tür in den Garten. Dort will sich Mutti Beete für Gemüse und einen Komposthaufen anlegen, hat sie gesagt. Auch ein kleines Gewächshaus soll hier Platz finden. Also ganz wie zu Hause in Semice – nur um einiges kleiner. Auch Stall und Scheune fehlen. Wenigstens müssen wir dann jetzt keine Schweine mehr füttern oder den stinkenden Stall ausmisten.

Die Terrasse ist überdacht; man kann also auch bei schlechterem Wetter noch gemütlich sitzen bleiben. Umschlossen wird der Garten von einer etwa 150 Zentimeter hohen Hecke. Haus und Garten sind zwar viel kleiner als in Semice, aber es sieht um einiges gemütlicher aus und wir haben uns fest vorgenommen, dass wir es uns hier trotz aller Herausforderungen gut gehen lassen wollen.

Auch Mutti hat inzwischen wieder eine Arbeit gefunden und wird nächsten Monat anfangen. Vati hat noch die Stelle, die er bereits seit zwei Jahren ausübt.

Eine Woche später haben wir auch schon erste Bekanntschaften in der Nachbarschaft gemacht und uns in der näheren Umgebung umgesehen. Zugegeben, die Bekanntschaft haben wir nur gemacht, weil sich Mutti über die Musik der Nachbarstocher aufgeregt hat.

Der Ort bietet neben einem Bäcker und einem Metzger – so heißen hier die Fleischer - auch einen Kindergarten, verschiedene Sportanlagen und ringsherum Waldstücke, in denen mehrere kleine Seen zu finden sind. Haben Tonda und ich natürlich gleich ausgekundschaftet.

Mit dem Fahrrad können wir Jungen jeden Winkel des Ortes erreichen. Auch die Grund- und Hauptschule im Nachbarort ist nur wenige Kilometer entfernt. Die Kinder in der Nachbarschaft sind nett, einige sind jedoch noch immer sehr distanziert gegenüber uns „Neuen".

Mit Hilfe der Nachbarin haben unsere Eltern auch schon die geeignete Schule herausgesucht – die Hauptschule im Nachbarort. In der vorletzten Ferienwoche melden sie uns dort an und wir bekommen auch gleich unsere neuen Klassen zugeteilt. Ich werde in die achte Klasse, Tonda in die sechste gehen.

Noch haben wir eine Woche Zeit, um uns überall zurechtzufinden, bevor die Schule wieder startet. Wir sind beide schon gespannt, bedeutet dies doch ein völlig neues und ungewohntes Umfeld.

Wie werden die anderen Schüler und auch die Lehrer auf uns reagieren? Wird die Schule wirklich viel schwerer werden? Werden wir dem Unterricht ohne Probleme folgen können? Werden wir die anderen überhaupt verstehen? Der Dialekt ist sehr gewöhnungsbedürftig.

Etwas nervös fahren Tonda und ich am Dienstag zur Schule. Den Schulbus muss man hier bezahlen! Zum Glück kennen wir schon einzelne Kinder aus unserer Klassenstufe. Während Tonda sich wie immer schnell zurechtfindet und weitere Freunde gewinnen kann, tue ich mich wie immer schwer, auf die neuen Mitschüler zuzugehen. Hoffentlich akzeptieren sie mich so wie ich bin.

Die Aufteilung der Fächer und dass diese meist vom Klassenlehrer gehalten werden, ist auch etwas völlig Neues. In meiner alten Schule in Písek hatten wir ein oder zwei Fächer beim Klassenlehrer, während es für die anderen jeweils den entsprechenden Fachlehrer gab. Der Unterricht fand dabei oftmals in unterschiedlichen Lehrsälen statt, während er an dieser Schule meist im gleichen Raum durchgeführt werden würde.

Ist eben doch nicht Písek!

Bereits am zweiten Tag setzt der Klassenlehrer einen Deutsch- und Mathematiktest an. Eigentlich nichts, was mich unter normalen Umständen nervös gemacht hätte. Doch dieses Mal ist es was ganz anderes.

„Bin gespannt, ob ich mithalten kann! Die Schule soll ja so viel schwerer sein."

Mutti guckt mich ganz erstaunt an, als ich am Abend mit ihr darüber rede. Die Sorge ist aber unbegründet. Ohne mich selbst loben zu wollen, aber mit nahezu fliegender Leichtigkeit absolviere ich den Test am nächsten Morgen. Deutschaufsatz und Matheaufgaben – ganz ohne Taschenrechner - kann ich ohne Probleme meistern und bin schon weit vor der vorgegebenen Zeit fertig.

So schwer kann es hier wohl doch nicht sein. Oder hat die Nachbarin übertrieben?

Bevor ich an diesem Tag die Schule nach Hause verlasse, bittet mich mein Klassenlehrer allerdings noch um ein Gespräch am Nachmittag.

„Habe ich was falsch gemacht?", frage ich ihn besorgt.

Schließlich kommt es nicht oft vor, dass meine Eltern wegen mir zu einem Gespräch gebeten werden.

„Keine Sorge, Junge. Du hast nichts zu befürchten. Ich möchte nur mit deinen Eltern sprechen."

Seine Antwort macht es nicht unbedingt besser.

Dennoch fahre ich am Nachmittag mit Mutti erneut zur Schule, um dort meinen Klassenlehrer und auch gleich noch den Rektor zu treffen.

In dem fast halbstündigen Gespräch eröffnen die beiden meiner Mutter, dass ich den Test mit dem besten Ergebnis der gesamten Klasse abgelegt habe. Auch habe man den Eindruck, dass ich an dieser Schule unterfordert sein könnte und empfiehlt deshalb einen Wechsel auf die Realschule in der nahegelegenen Kreisstadt. Der Rektor hat bereits einen Termin vereinbart.

Wenn ich eines nicht leiden kann, sind es Gespräche von Erwachsenen über einen als wäre man nicht da, obwohl man direkt nebendran sitzt.

Nach dem Gespräch fahren Mutti und ich somit noch zur weiterführenden Schule, um uns dort mit der Rektorin zu treffen. Obwohl das Schuljahr bereits begonnen hat, wolle man mir gern entgegenkommen und den Schulwechsel ermöglichen. Thema Integration und so! Allerdings soll ich die siebte Klasse erneut besuchen, um mir die Anpassung an die höhere Schule und deren strengeren Anforderungen zu erleichtern.

Und so kommt es, dass ich nach nur drei Tagen auf der Hauptschule auf die Realschule wechseln darf. Die Namen meiner Mitschüler dort kann ich also alle wieder vergessen, sofern sie nicht eh bei uns im Ort wohnen.

An meinem ersten Tag stehen Mathematik, Musik, Deutsch, Geschichte und zwei Stunden Hauswirtschaft auf dem Lehrplan. In allen Fächern kann ich wieder gut folgen und komme mit Mitschülern – sie finden mich cool, weil älter bin als sie - und Lehrern gut klar. Ein schlanker Junge mit dunkelblonden, leicht verwuschelten Haaren fällt mir in Hauswirtschaft erstmals so richtig auf. Mit ihm verstehe ich mich auf Anhieb super.

Vielleicht liegt dies auch daran, wie ich über ihn denke. Was für eine Schönheit! Vor allem seine strahlend blauen Augen. Sie funkeln wie klare, eisig kalte Gebirgsseen in der Sonne. Oh nein, bitte nicht schon wieder diese perversen Gedanken!

Nicht jetzt – in der Hose sieht man doch alles.

Zu gern möchte ich mit Anton – so heißt der Wuschelkopf - befreundet sein, habe ich doch bisher sonst kaum Freunde finden können. Aber jetzt klingelt es erstmal zum Stundenende und es ist Wochenende.

Wow, erste Woche geschafft!

Beim Verlassen des Schulgebäudes spricht mich unsere Rektorin unvermittelt an.

„Marek, ich möchte heute Nachmittag bitte deine Mutter sprechen. Könnt ihr das einrichten?"

Was zur Hölle? Wie üblich befürchte ich wieder das Schlimmste und verspreche mit zittriger Stimme, mit seiner Mutter zu reden. Am Nachmittag fahren wir zurück zur Schule, um die Rektorin zu treffen. Der erneute Termin mit der Schulleitung stößt bei Mutti natürlich nicht auf Verständnis, ist es doch meist Tonda gewesen, wegen dem sie bisher in der Schule vorstellig werden musste. Und nun bereits zum zweiten Mal in einer Woche wegen mir.

„Mutti, ich habe nichts Falsches getan!"

Ich versuche sie immer wieder zu beschwichtigen, während ich mir auszumalen versuche, was ich falsch gemacht haben könnte. Haben sie meine perversen Blicke für Anton entdeckt?!

Das Gespräch mit der Rektorin verläuft allerdings wesentlich positiver als erwartet. Die Lehrer haben ihr berichtet, dass ich im Unterricht sehr gut zurechtkommen würde und sie davon ausgehen müssen, dass ich innerhalb kürzester Zeit unterfordert sein könnte. Sie empfehlen deshalb, dass ich regulär die achte Klasse besuchen solle, auch wenn daraus eventuell Probleme in Englisch entstehen könnten. Man könne dem aber mit einer geeigneten Nachhilfe entgegenwirken.

Die Entscheidung fällt Mutti nicht allzu schwer – ich wechsle also ab der kommenden Schulwoche erneut die Klasse und würde dann in die 8D gehen. In meiner alten Schulte gingen die Klassen nur bis B.

Erleichtert fahren Mutti und ich nach Hause. Die Hausaufgaben spare ich mir.

„Das war eine absolut verrückte Woche", denke ich mir, „aber lieber so, als anders!"

Zu Hause verkrieche ich mich wie so oft erstmal wieder in meinem Zimmer. Aus dem Geheimversteck in der Rückwand des Wandschranks krame ich das Manuskript meiner Geschichte hervor.

In dieser geht es um den jungen Jesse, der wegen einer Zeitreise in eine fremde Welt verbannt wurde. Wie ich fühlt auch er sich dort verloren und allein. Mein jugendlicher Held muss dabei die verschiedensten Abenteuer vollbringen und lernt in der Fremde neue Freunde kennen – allesamt Außenseiter mit besonderen Fähigkeiten.

Ich habe sie bereits in der fünften Klasse in einer Schriftsteller-AG begonnen und nicht selten baue ich eigene Erlebnisse und Gedanken in die Geschichte ein. Zeitreisen und sowas gibt es natürlich nicht.

Aber durch das Schreiben kann ich zumindest für eine gewisse Zeit der Realität entfliehen. Und die perversen Gedanken lassen mich auch in Ruhe.

Der Ordner mit den handgeschriebenen Seiten ist mittlerweile mehrere Zentimeter dick. Immer, wenn mir danach ist, schreibe ich ein paar Zeilen oder auch ganze Seiten dazu. Manchmal lese ich mir die alten Teile noch einmal durch, nehme Änderungen daran vor oder schreibe einzelne Stellen komplett neu. Ab und zu landen dann einzelne Blätter im Papiermüll.

Die Geschichte von Jesse soll schließlich perfekt werden – falls es jemals zu einer Veröffentlichung kommen würde. Vorausgesetzt ich korrigiere mich nicht zu Tode.

In jeder Nacht kommen sie wieder – die Träume von den Jungen – von Anton und anderen, die ich in der Schule oder einfach nur in der Öffentlichkeit gesehen habe.

Das muss echt aufhören!

Der falsche Weg

Am nächsten Montag gehe ich in das Zimmer meiner neuen Klasse 8D. Es ist im rückwärtigen Gebäudetrakt das letzte auf der linken Seite im dritten Stock. Verloren wie bestellt und nicht abgeholt stehe ich inmitten von beinahe 30 Schülern, die mich mit fragenden Blicken überhäufen. In meiner alten Klasse waren wir nur 22.

Gelegentlich vernehme ich ein leises „Hallo". Zu mehr kommt es aber meist nicht. Alle glotzen mich nur an – komme mir vor wie auf der Tierschau in Strakonice.

Die Glocke läutet und ein etwa 60-jähriger, grauhaariger Mann mit streng gezwirbeltem Schnurrbart betritt den Raum 308. Mit stechenden Blicken mustert er mich von oben bis unten.

„Warum sitzt du nicht?"

„Ich weiß nicht, wo noch ein Platz frei ist", muss ich ehrlich zugeben.

„Sieh dich um – hier ist nichts mehr frei! Warum hast du dir kein Pult und Stuhl geholt?"

Der Schnauzbärtige raunt mich in tiefstem Bayerisch an. Nur mit Schwierigkeiten verstehe ich seinen Dialekt.

„Entschuldigen Sie bitte, ich bin neu an dieser Schule und weiß noch nicht, woher ich das bekommen kann", versuche ich zu erklären.

Schließlich entspricht es der Wahrheit. Wer weiß schon an seinem zweiten Tag, wo alles ist?

„Dann macht man sich eben vorher schlau! Wer bist du denn überhaupt?"

Der Lehrer – ein gewisser Herr Hirschhauer – ist sichtlich genervt. Und das am Montagmorgen kurz nach acht Uhr. Vielleicht hatte er ein schlechtes Wochenende.

Also stelle ich mich kurz vor. Die Laune des Lehrers scheint sich dadurch aber auch nicht zu bessern. Er gibt zwei anderen Schülern – Sven und Marco – die Anweisung, gemeinsam mit „dem da" nach einem Pult und Stuhl zu schauen – und das Ganze natürlich zügig, damit nicht noch mehr Zeit vom Unterricht verloren gehe.

Ist der immer so mies drauf? Hoffentlich nicht. Habe ihm doch gar nichts getan.

Nachdem wir die Schulmöbel geholt und in der ersten Reihe aufgestellt haben, kann Herr Hirschhauer nun endlich mit seiner Lektion beginnen. Der hat doch tatsächlich damit gewartet, bis wir zurückkommen.

Zunächst will er testen, auf welchem Stand meine Leistungen sind. Also ruft er mich vor an die Tafel und gibt mir einige Rechenaufgaben, die ich vor der gesamten Klasse lösen soll. Ob ich ihm sagen soll, dass ich Mathe liebe und einer der besten meines Jahrgangs war? Nein, ich glaube ein bisschen Überraschung tut dem Schnauzbart vielleicht ganz gut.

Wenn sie mich nicht gerade anstarren, schreiben die anderen 28 Schüler in ihren Heften mit. Ich kann die Aufgaben zu meiner eigenen Zufriedenheit schnell und richtig lösen. Ich hoffe nur, dadurch beim verärgerten Lehrer einige Pluspunkte sammeln und die allgemeine Stimmung verbessern zu können.

„Du rechnest falsch!", brummt Herr Hirschhauer von seinem Lehrerpult.

Verdutzt drehe ich zu ihm um und schaue ihn fragend an. Immer wieder schaue ich auf mein Ergebnis – es stimmt – es muss einfach stimmen! Ich kann mich doch nicht so vertan haben.

„Du rechnest nicht nach meinem Rechenweg!", brummt er nun.

„Pardon, wie meinen Sie das?"

„Verstehst du nicht, was ich sage?"

Bewusst künstlich zieht er seine Worte in die Länge, als wolle er sichergehen, dass ich ihn auch wirklich verstehen kann. Ich bin doch nicht dumm und mein Deutsch ist auch sehr gut, nur bei seinem dämlichen Bayrisch tue ich mich einfach noch schwer.

Total eingeschüchtert traue ich mich nun gar nicht mehr zu antworten.

„Bua! Das Ergebnis ist zwar richtig, aber der Rechenweg ist falsch. Woher hast du so einen Blödsinn?"

„Aus meiner alten Schule, Herr Hirschhauer", gestehe ich leise und blicke zu Boden. Wenn es hier so zugeht, geh ich doch lieber zurück in die siebte.

Dann erklärt Schnauzbart allen Schülern noch einmal den - wie er meint – korrekten Rechenweg. Ich sitze an meinem Platz und schreibe alles mit, damit mir die Aufgaben später nicht in meinem Heft fehlen. Auch den Rechenweg notiere ich mir. Der kommt mir zwar irgendwie wesentlich komplizierter vor als der, den ich bisher von meinem bisherigen Mathelehrer in Písek kenne, aber ich habe ja vermutlich keine Wahl.

Zum Glück ist die erste Stunde bald vorbei und das nächste Fach steht auf dem Plan: Deutsch bei der Klassenlehrerin Frau Pietsch. Die dunkelblonde Frau von kaum 1,60 Meter Größer betritt den Raum und begrüßt die Klasse und mich im Besonderen. Noch einmal muss ich mich kurz vorstellen und neugierige Fragen beantworten. Sie macht einen durchweg sympathischen Eindruck und strahlt eine gewisse Wärme aus. Sie erinnert mich ein bisschen an meine alte Kunstlehrerin.

Mit ihr werde ich mich sicher gut verstehen. Hoffen darf man ja noch. Die Deutschstunde verläuft ohne größere Zwischenfälle und so geht es schon bald in die erste kurze Pause vor die Tür.

Trotz der anfänglichen Distanz scharen sich nun mehrere Mitschüler um mich und fragen mir Löcher in den

Bauch. Vor allem Christian, das Mathematikass der Klasse, hat viele Fragen zum Rechenweg und meinem kleinen Disput mit dem Mathelehrer. Schnell macht er mir aber klar, dass es Punktabzug gibt, wenn ich in den Arbeiten „Hirschhauers Weg" verlassen würde.

Klingt ja super!

Nach der Pause folgen Geschichte beim Lehrer Könnecker, einem hochgewachsenen, dürren Mann mit strähnigem Haar, und Physik beim stämmigen Herrn Vogel mit Halbglatze. Mir kommt es vor, als würden beide das jeweils falsche Fach unterrichten. Herr Könnecker würde vom Aussehen her wesentlich besser als leicht verschrobener Naturwissenschaftler durchgehen.

Beide Stunden verlaufen auch ohne Vorkommnisse, so dass die nächste Pause wieder zu lockeren Gesprächen mit den neuen Mitschülern einlädt. Wenigstens gibt es in der Klasse keinen Jungen, bei dem ich perverse Gedanken befürchten muss.

Welche Erleichterung!

Mit Hilfe von Sven besorge ich mir etwas zu Essen und zu Trinken – anders als in meiner alten Schule müssen sich die Schüler hier selbst etwas kaufen oder von zu Hause mitbringen. Immerhin gibt es auch hier Schulmilch, wenn auch um einiges teurer. Da ich noch keine bestellt habe, muss ich allerdings auf nicht abgeholte Reste hoffen.

Sven hilft mir auch dabei, die richtigen Klassenräume zu finden, schließlich ist das Schulgebäude fast doppelt so groß wie meine alte Mittelschule in Písek.

Aber ich weiß, dass ich mich auch hier bald zurechtfinden werde. Nach der Pause stehen Musik und Rechnungswesen auf dem Stundenplan. Von Rechnungswesen habe ich bis zu diesem Zeitpunkt noch nie etwas gehört. In diesem Fach wird die Klasse auch geteilt sein.

Die Schule bietet nämlich vier verschiedene Fachrichtungen an, welche sich in einigen Schulfächern unterscheiden. So gibt es den mathematisch-technischen Zug, den wirtschaftlichen (welchen ich – oder vielmehr Mutti und die Rektorin – für mich gewählt haben), den hauswirtschaftlichen und den fremdsprachlichen Zug, in welchem sich die zweite Hälfte meiner Klasse befindet. Die zumeist weiblichen Mitschüler haben dann Französisch.

Da auch Rechnungswesen mit Zahlen und viel Logik zu tun hat, tue ich mich nicht sonderlich schwer. Allerdings dieses Soll- und Haben-Buchen ist anfangs verwirrend. Meine Chor- und Orchestertätigkeit in meiner alten Heimat erleichtern mir anschließend den Musikunterricht. Und so ist es auch nicht sehr verwunderlich, dass diese beiden Stunden wie im Flug vorbeigehen.

Neu für mich ist jedoch, dass ich auch am Nachmittag noch einmal Unterricht haben sollte – meinen innig „geliebten" Sport. In Písek hatten wir nachmittags immer nur Arbeitsgemeinschaften – wie meine Schriftsteller-AG - oder Schulhort, dafür aber meist vierzehntägig Samstagvormittag einige Stunden Unterricht. Für mich heißt es nun jeden Montag bis zwanzig nach drei - Sport.

Während der Mittagspause dürfen die Schüler hier das Schulgelände nicht verlassen, es sei denn, sie fahren nach Hause und kommen für den Nachmittagsunterricht wieder. Da sich der Weg bei mir nicht lohnt, bleibe ich in der Schule und beginne schon mal, meine Hausaufgaben zu erledigen – arg viel ist es zum Glück noch nicht.

Im Hausaufgabenzimmer hinter der großen Treppe im Erdgeschoss treffe ich auch wieder auf Anton, diesen hübschen blonden Wuschelkopf aus der siebten Klasse. Als er mich sieht, kommt er direkt auf mich zu und spricht mich sofort an. Seine Stimme überschlägt sich.

„Hi, warum bist du nicht mehr in meiner Klasse?"

Klingt ja fast wie ein Vorwurf und ich will schon entsprechend reagieren, bis ich in sein freundlich grinsendes Gesicht schaue. Oh, diese Augen!

„Hallo Anton, unsere Lehrer meinten ich könnte bald unterfordert sein und haben mich deshalb in die nächsthöhere Klassenstufe gesteckt."

Er lächelt verständnisvoll. Manche Jungs verschlagen mir echt die Sprache – so auch dieser hier.

Was ist nur mit mir los?!

„Oh! Hatte mich schon gewundert, warum du heute nicht bei uns warst. Dachte, du seist vielleicht krank."

„Nein, keine Sorge. Ich bin kerngesund."

Hoffentlich klingt das sicherer als ich mir selbst dabei bin. Ich bin doch gesund, oder?

Gemeinsam essen wir unser mitgebrachtes Brot – ich gebe ihm sogar von meinen Tomaten ab - und reden über allerhand Themen. Nach dem Essen helfe ich Anton bei der Erledigung seiner Hausaufgaben. Den Stoff, den er in der siebten hat, hatte ich bereits in der sechsten.

Auf diese Weise gehen die zwei Stunden schneller rum. Viel wichtiger ist allerdings, dass ich so den meist grinsenden Wuschelkopf besser kennenlernen kann.

Manchmal strahlen seine Augen eine tiefe Traurigkeit aus – Traurigkeit und Einsamkeit, wie ich sie auch sehr gut kenne. Ich ertappe mich dabei, dass ich mich in Antons blauen Augen verliere und teilweise gar nicht mehr mitbekomme, was er mir erzählt. Hoffentlich merkt er nicht, dass ich in regelrechte Tagträume verfalle. Träume, die in mir unterdrückten und leider mittlerweile allzu gut bekannte Gefühle zum Vorschein bringen und mich ein ums andere Mal beinahe verzweifeln lassen.

Vor allem dann, wenn sich Anton wie jetzt im Moment eine ständig ins Gesicht fallende Haarlocke aus dem Gesicht streift und mich dabei anlächelt.

Das ist so verdammt süß!

Ob auch andere Jungen solche Gedanken haben wie ich, vielleicht sogar er? Bestimmt nicht.

Es lebe ... der Sport

Der Sportunterricht ist auch hier nicht spektakulär. Gut, ich bin es jedenfalls noch immer nicht. Neben einem bisschen Laufen und Dehnen lässt uns der Lehrer Fuß- und Basketball spielen. Ausgerechnet meine absoluten Favoriten unter den Ballsportarten!

Die Größe der Sporthalle ist allerdings mehr als beeindruckend. Man kann sie in der Mitte durch eine Wand teilen, es gibt Tore, Basketballkörbe und sogar eine Lautsprecheranlage. Meine alte Schule hat keine solche Sporthalle, nicht einmal annähernd. Wir mussten immer erst knapp eineinhalb Kilometer durch den Ort zu einem niedrigen Nebengebäude des Bahnhofes laufen. Dort gab es weder gescheite Umkleidekabinen, geschweige denn gar Duschen. Vor allem in den Wintermonaten war das schon beinahe eine kleine Erlebnisreise. In dieser Halle hatte ich auch meinen Absturz erlebt.

Zu guter Letzt gibt es noch eine Runde Völkerball. Wir Jungen müssen uns in zwei Mannschaften aufteilen und gegeneinander antreten. Michael und Timo wählen. Schon bei der Auswahl kann ich erkennen, wer die sportlicheren und dadurch beliebteren Jungen sind, und wer wie ich wohl eher zu den Flaschen gehört. Michael wählt mich notgedrungen in seine Mannschaft. Ich habe das Gefühl, er wollte nur nicht Christian haben.

Obwohl ich niemandem etwas getan habe, bin ich einer der ersten, der abgeschossen wird. Muss wohl ihre Art sein, mich willkommen zu heißen. Meine Mannschaft bringt mich zwar immer wieder zurück ins Spiel, aber irgendwie werde ich bereits nach recht kurzer Zeit schon wieder getroffen. Dabei gebe ich mir sogar Mühe.

In der vierten oder fünften Runde gelingt es mir mehrere Male, den Ball abzufangen und einen Spieler des anderen Teams abzuwerfen.

Da wir uns in den Augen unseres Lehrers noch immer zu wenig bewegen, bringt er weitere Bälle ins Spiel, so dass man jetzt insgesamt drei im Auge behalten muss. Und als wäre das noch nicht genug, schließt er die Sportstunde mit acht Runden um die Halle.

Wie ich erfahre, ist unser Sportlehrer Fan von Läufen in jeglichen Formen – sei es Hindernislauf, Quer-feld-ein-Lauf oder Dauerlauf. Er liebt es, die Schüler auch im Sommer ohne Pause und Getränke in der prallen Sonne ein bis zwei Kilometer um den Platz zu jagen.

Bei mir kommt bereits jetzt unbändige Freue auf.

Nach dem Unterricht fahre ich erschöpft mit dem Bus nach Hause, dusche mich und ziehe mich gleich danach auf mein Zimmer zurück. Schnell noch die Hausaufgaben machen, die ich wegen Anton nicht geschafft habe und den Schulranzen für den nächsten Tag vorbereiten. Anschließend versuche ich mich mit etwas Fernsehen – es läuft der Sechs-Millionen-Dollar-Man - und später mit Lesen im Bett etwas abzulenken.

Das klappt aber nur bedingt.

Noch zwei Stunden später liege ich wie leider immer öfter mit offenen Augen auf meinem Bett und versuche, die Erlebnisse der letzten Tage zu verarbeiten. Ich habe Angst, dass die perversen Träume wiederkommen, wenn ich jetzt einschlafe.

Irgendwann bin ich dann wohl doch eingeschlafen.

Nachhilfe für Wuschelkopf

Die kommenden Wochen verlaufen in etwa gleich. In den meisten Fächern habe ich kaum Schwierigkeiten dem Stoff zu folgen, nur Englisch will mir irgendwie nicht so recht gelingen. Aber Russisch bieten sie hier ja nicht an. Auch in Mathematik kann ich bei Herrn Hirschhauer noch immer nicht landen, bereits zweimal hat er mir Punkte abgezogen, weil ich nicht den vorgeschriebenen Rechenweg verwende. Die Buchungen in Rechnungswesen und das Stenografieren liegen mir dagegen umso mehr. Sieht aus wie eine Geheimschrift.

In die Klasse integriert bin ich auch noch nicht richtig, zumindest komme ich mir noch immer wahnsinnig fremd vor. Mit ein paar Mitschülern komme ich zwar ganz gut klar, aber ich fühle mich einsam. Liegt es an mir, meinen fast durchweg guten Leistungen oder an meiner Herkunft? Vielleicht bin ich aber auch zu ungeduldig. Ich weiß es nicht und traue mich allerdings auch nicht zu fragen. Genauso wenig vertraue ich mich damit Mutti und Vati an – also fresse ich wie früher alles still in mich hinein.

Manchmal im wahrsten Sinne des Wortes.

Tonda hingegen fühlt sich in seiner Klasse pudelwohl. Er ist zwar noch immer ganz der Rabauke von früher, hat aber nicht mehr so häufig Einträge über schlechtes Benehmen in seinem Hausaufgabenheft.

Meine schlechten Leistungen in Englisch bleiben nicht lange verborgen und so bekomme ich nun jeden Samstag Nachhilfeunterricht – für 25 Mark pro Unterrichtsstunde. Obwohl ich genau weiß, dass es uns finanziell nicht besonders gut geht, akzeptiere ich die Ausgaben. Von allein schaffe ich es vermutlich eh nicht. Und der Nachhilfelehrer gibt sich wirklich alle Mühe, die fehlenden zwei Jahre der Fremdsprache in meinen Kopf zu bekommen.

Bisher hat es mich auch nie gestört, dass wir keiner Religion angehören. Jetzt denke ich etwas anders darüber, denn dank fehlender Religion hat man mir Ethik als Ersatz zugeteilt. Und das bedeutet für mich ein zweites Mal Nachmittagsunterricht. Immerhin kann ich das mit dem Lesezirkel verknüpfen und damit die Wartezeit auf den Bus verkürzen. Der fährt nämlich erst nach 17 Uhr.

Manchmal nehmen mich auch Nachbarn, die in der Kreisstadt arbeiten, auf ihrem Weg nach Hause mit. Oft genug erscheinen sie aber – obwohl ausgemacht - allerdings nicht und so muss ich warten, bis ich mit dem Linienbus nach Hause fahren kann.

Tonda ist meist schon um 14 Uhr zu Hause; genügend Zeit Blödsinn zu machen. Nach der Schule ist er häufig mit seinen zahlreichen Freunden unterwegs.

Die Mittagspausen überbrücke ich wie üblich in der Schule, erledige meine Hausaufgaben, lese oder schreibe meine Gedanken in Gedichten oder kleinen Geschichten nieder. Wenn Anton auch da ist, nutzen wir die Zeit lieber für Gespräche oder ich sehe ihm beim Zeichnen zu.

Heute hat mich Antons Mathelehrerin – Frau Kretschmann – während einer Stunde Betriebswirtschaftslehre gebeten, ob ich nicht einem ihrer Schüler der siebten Jahrgangsstufe Nachhilfe in Mathe geben könnte. Unabhängig von der Person habe ich natürlich zugesagt. Die Mittagspause würde ich ja sowieso in der Schule sein.

Meine Freude ist groß, denn es handelt sich um „meinen" Wuschelkopf. In der ersten Mittagspause danach habe ich ihn gleich drauf angesprochen.

„Hi Anton, Frau Kretschmann hat mich gebeten, dir ein bisschen mit Mathe zu helfen."

„Bist du denn gut darin?"

„Denke ja. Lass es uns versuchen!", schlage ich vor.

Bitte, bitte sag endlich ja!

Anton hat zum Glück zugestimmt. Mit einem verschmitzten Lächeln beißt er genüsslich in einen Apfel. Der Saft spritzt bis zu mir hinüber. Nur wenig später brüten wir gemeinsam über seinen Aufgaben. Geduldig erkläre ich Schritt für Schritt, wie er vorgehen muss, um die Aufgaben korrekt zu lösen. Wenn ich nach seinem Stift greife, um zu korrigieren, streift seine Hand ab und zu die meine.

Zuerst ziehe ich sie immer wieder schnellstmöglich zurück. Er soll ja nicht denken, dass ich es mit Absicht mache! Als ich spüre, dass Anton die Berührungen nichts auszumachen scheinen, lasse ich meine Hand liegen. Die Berührungen tun so verdammt gut!

Von Woche zu Woche befreunden wir uns immer mehr und verbringen innerhalb des Schulgeländes sehr viel Zeit miteinander. Wir treffen uns nicht nur beim Erledigen der Hausaufgaben und zur Nachhilfe, wir stehen nun auch in den Pausen gemeinsam herum, quatschen und trinken unsere Schokomilch. Ich erfahre, dass auch Anton ein Außenseiter ist. Ob er auch ein Geheimnis hat? Vielleicht ist es aber nur seine ärmlichere Herkunft.

„Ich habe sehr hart arbeiten und viel lernen müssen, um es hierher zu schaffen. Sogar meine Eltern haben manchmal nicht daran geglaubt, nur mein Opa!", erzählt mir Anton einmal.

Ich kann ihn sehr gut verstehen.

Jetzt tut er sich aber schwer, dem Stoff und dem Tempo zu folgen. Er will unter keinen Umständen versagen. Ähnlich wie ich hat er nicht viele Freunde, was ihm den Schulalltag unnötig erschwert. In einigen Fächern läuft es zudem nicht ganz so rosig, so dass er die Hilfe von mir - seinem neuen besten Freund - gern annimmt.

Auf jeden Fall hat er tolle Augen, mit denen er mich ständig anblitzt. Oft sehen wir uns minutenlang wortlos an, als könnten wir die Gedanken des anderen lesen. Ob er sich eigentlich darüber bewusst ist, was er mit seinen Blicken bei mir auslöst? Und vielleicht auch bei anderen.

Außerhalb der Schule verbringen wir allerdings keine Zeit miteinander, was nicht zuletzt an der großen Distanz zwischen unseren Wohnorten liegt. Zu gern hätte ich den Wuschelkopf auch in der Freizeit getroffen. Aber Mutti würde nie erlauben, dass ich die Strecke ganz allein mit dem Fahrrad zurücklege. Es gibt Tage, an denen vermisse ich ihn regelrecht. Wenn ich Anton einmal nicht sehen kann, mache ich mir schon beinahe Sorgen.

Was ist nur los mit mir? Warum denke ich ständig nur an Jungen?! Ich müsste doch wie die anderen an Mädchen denken! Was stimmt nicht mit mir?

Diese und andere Gedanken beschäftigen mich in so vielen Nächten und manchmal nun auch tagsüber. Anvertrauen kann und will ich mich damit Niemandem – vor allem nicht meinen Eltern. Zu groß ist meine Angst, ausgelacht oder für etwas Aussätziges gehalten zu werden.

Vielleicht hat Tonda ja Recht und ich bin gar kein Teil dieser Familie. Das würde allerdings die Aussage meiner Eltern, sie hätten nur wegen mir oder vielmehr Muttis Schwangerschaft mit mir heiraten müssen, widerlegen.

Du bist zu dumm!

Oft denke ich zurück an meinen alten Heimatort – und zum Beispiel an Anuschka. Wir kannten uns vom Spielen und gingen natürlich in die gleiche Schule. Anuschka war irgendwie anders als andere Mädchen. Während die meisten ihre Haare zu Zöpfen flochten, hatte sie stets einen adretten Kurzhaarschnitt. Auch scheute sie sich nicht, sich schmutzig zu machen, auf Bäume zu klettern oder sich mit anderen zu prügeln. Mit ihr bestimmte ich meist, was unsere Clique spielen würde. Clique nannten wir es natürlich damals noch nicht.

Sie war nett und so und eigentlich sah sie auch ganz gut aus. Im vergangenen Herbst hatte sie mehrfach versucht, bei mir zu landen. So war es nicht verwunderlich, dass sie mich an ihrem Geburtstag zu sich nach Hause einlud. Mit ihrer großen Schwester hatte Anuschka einen Kuchen gebacken. Der war verdammt lecker!

Während der kleinen Feier versuchte sie bei jeder Gelegenheit mit mir zu kuscheln und mir Küsschen auf die Wange zu geben. Erst wenige Wochen zuvor hatte sie mir gezeigt, was den Unterschied zwischen Jungen und Mädchen ausmacht. Sie zog erst ihr Oberteil hoch und ließ dann auch noch ihre Hose herunterrutschen. Ihr nackter Anblick reizte mich überhaupt nicht, obwohl es doch eigentlich so sein müsste. Ich fand und finde Jungenkörper irgendwie viel interessanter.

Nach etlichen Tassen Kakao „floh" ich auf die Toilette. Hier hoffte ich, vor ihr sicher zu sein. Kaum verließ ich den Raum, stand sie auch schon vor mir.

„Magst du mich etwa nicht?", fragte Anuschka.

„Doch irgendwie schon."

Sie trat ein Stück auf mich zu und legte ihre Arme um meinen Hals. Dann küsste sie mich auf den Mund. Ich war so nervös, dass ich ihr versehentlich die Unterlippe blutig biss. Anuschka schrie vor Schmerzen auf und trat mir mit voller Wucht zwischen die Beine.

Das tat verdammt weh!

„Du bist zu dumm zum Küssen. Mach das nie wieder!"

Nur wirklich sehr ungern erinnere ich mich an dieses schmerzhafte Erlebnis.

Bei Mädels bewies ich sowieso oft ein ungeschicktes Händchen. Lena zwickte mir in der dritten Klasse in die Brustwarzen, weil sie der Meinung war, ich würde sie zu lange anstarren. Im Ferienprogramm zogen sie und eine Freundin mir später im Schwimmbad die Badehose herunter. Als ich mich auf gleiche Weise rächte, beschwerten sie sich bei den Lehrern und ich bekam Ärger.

Mit Krystyna war ich fast ein dreiviertel Jahr befreundet. Ich durfte sie sogar zu Hause besuchen. Wir lernten dann meist zusammen und saßen auf ihrem Bett und hielten Händchen. Einmal zeigte sie mir die neugeborenen Kaninchen im Stall und versuchte, mich zu küssen. Ich war so überrascht, dass ich sie wegstieß. Ihr Hund biss mich daraufhin in die Wade. Ich musste mich vor ihr und ihrer Mutter bis auf die Unterwäsche ausziehen. Das war so peinlich – vor allem wegen der langen Unterhose.

Zuzana hingegen war eine Nummer für sich. Sie ging mit mir in eine Klasse und unsere Eltern kannten sich beruflich. In einem Urlaub hatten sie den Bungalow neben uns gebucht und so verbrachten wir fast jeden Tag zusammen. Wir tobten am Strand und im Wasser, warfen uns gegenseitig hinein oder kloppten uns. Sie war wie ein Junge – ein Kumpel eben. Da störte es auch nicht, wenn wir ohne Badesachen ins Wasser gingen.

Noch schöner sind allerdings die Erinnerungen an Petr und Milan – zwei Jungen aus Semice, mit denen ich in der

Freizeit oft spielte. Wir trafen uns meist an den alten Weiden neben der Panzerstraße oder irgendwo im Wald. Wir kuschelten auch mal, wenn wir spielten. Nicht selten erforschten wir dabei unsere Körper. Ausgezogen haben wir uns dazu allerdings nie. Und dennoch fühlten sie sich hundertmal besser an als die Mädels.

Vielleicht kommen daher meine perversen Träume?! Sie kommen beinahe jede Nacht und fast immer wache ich schweißgebadet oder verklebt auf.

Mein Masterplan

Mutti und Vati sind der Meinung ich hocke zu oft allein drin. Ich müsste an die frische Luft. Also sorgen sie anderweitig dafür, dass ich unter Menschen komme: sie melden uns im lokalen Tennisclub an. Zu Weihnachten – dem ersten im neuen Haus - gibt es deshalb Tennisschläger und neue Sportsachen. Während Tonda sich über die Geschenke tierisch freut, will bei mir irgendwie keine richtige Lust aufkommen. Ist halt auch nur Sport.

Aber meinen Eltern zuliebe will ich es zumindest versuchen. Vielleicht bringt es ja etwas.

Zu meinem vierzehnten Geburtstag will ich auch diesmal keine Gäste einladen. Es würde eh keiner kommen, so wie es schon mehrfach der Fall war. Also gehe ich wie üblich mit meiner Familie essen und freue mich stattdessen über die neue Stereoanlage mit 3-fach-CD-Wechsler.

In der Schule läuft es auch endlich besser. Herr Hirschhauer und ich haben uns arrangiert. In den Arbeiten verwende ich seinen vorgegebenen Rechenweg. Auf den Schmierzetteln und in den Hausaufgaben darf ich auch den mir altbekannten benutzen.

Bei meinen Mitschülern kommt das allerdings wieder nicht so gut an. Sie haben mehr Spaß daran, wenn wir uns beide in die Haare bekommen. Aber ich habe eingesehen, dass es keinen Sinn hat, gegen den Lehrer aufzubegehren. Dieser wiederum anerkennt nun endlich ein bisschen die Leistungen des neuen Buam.

Er lässt mich aber immer wieder deutlich spüren, dass er aufgrund meiner Herkunft nicht wahnsinnig viel von mir hält. In seinen Augen kann ich nur durch meine guten schulischen Leistungen punkten.

In allen Fächern - bis auf Englisch und Sport – kann ich im Halbjahreszeugnis gute bis sehr gute Leistungen vorweisen. Ich versuche stets freundlich zu Lehrern und Mitschülern zu sein, auch wenn diese mich immer noch wie einen Aussätzigen behandeln.

Mir fällt auf, dass Amir, ein neuer Schüler türkischer Herkunft, nach sehr kurzer Zeit schon fester Bestandteil der Klassengemeinschaft ist.

Ich jedoch leider nicht!

Nach außen hin zeige ich nicht, wie sehr mich das verletzt. Meine Gefühle zu offenbaren ist sowieso nicht meine Stärke, verstelle ich mich doch schon seit mehr als drei Jahren – zumeist sehr erfolgreich. Und wie soll ich zu Gefühlen stehen, die ich selbst nicht wahrhaben will?

Die Pausen verbringe ich nach wie vor mit Bergseeaugen-Anton. Auch die Zeit vor dem Nachmittagsunterricht widme ich meinem einzigen Freund. Ich genieße jede Minute mit ihm. Leider scheinen wir damit die Blicke der anderen auf uns ziehen. Die ersten Tuscheleien und Gerüchte über eine angebliche Beziehung entstehen.

Erst nach einer Weile bekommen wir selbst davon Wind und zum ersten Mal leidet unsere Freundschaft darunter. Anton schränkt den Umgang mit mir ein, was ihm sichtlich schwer fällt und mich ziemlich verletzt. Es schmerzt, von Anton getrennt sein zu müssen.

In den Pausen sehen wir uns kaum noch, nur noch während der Nachhilfe wollen wir gemeinsam etwas Zeit verbringen. Was die blöden Gerüchte allerdings auch nicht gänzlich verstummen lässt.

In mir steigen wieder einmal Selbstzweifel hoch.

Habe ich mich verraten? Bringe ich uns beide damit womöglich in Schwierigkeiten?

Ich bin mir sicher, dass man mir meine wahren Gefühle für Anton nicht ansehen kann. Zu sehr bin ich eigentlich darin geübt, sie zu verbergen – nicht einmal meine Familie bemerkt etwas. Oder habe ich Anton vielleicht doch einmal zu oft zu lange angeschaut? Wie werden die anderen reagieren, wenn sie hinter mein Geheimnis kommen?

Um den Gerüchten entgegen zu wirken, entsinne ich einen Plan: Ich brauche eine Freundin! Auch wenn mir der Gedanke nicht arg gefällt. Und ich habe auch schon eine Idee, woher ich eine bekommen würde.

Zunächst gilt es jedoch in der nächsten Schulaufgabe – so heißen hier die großen Klassenarbeiten – in Deutsch eine gute Note zu erzielen. Im Gegensatz zu den Extemporalen, den Kurzarbeiten, werden sie angekündigt. Man hat also eigentlich genug Zeit, sich entsprechend darauf vorzubereiten. Und wenn es nur mental ist.

Fantasiegeschichten sind leider nicht mehr gefragt, dafür Buchinterpretationen oder Erörterungen. So auch in dieser Schulaufgabe. Frau Pietsch stellt drei Themen zur Auswahl, die wir in den nächsten vier Unterrichtsstunden schriftlich erörtern müssen. Im Unterricht hatten wir zuvor gelernt, wie vorzugehen ist. Eigentlich ist es nicht schwer, hier wenigstens eine Vier zu erreichen.

Obwohl es sich nicht um eine Fantasieerzählung handelt, sind meine Texte im Verhältnis zu den anderen Mitschülern recht lang. Frau Pietsch liest meine Werke deshalb meist erst zum Schluss.

Ich entscheide mich zunächst für das Thema „Umweltschutz an der Schule". Doch irgendwie wollen mir keine gescheiten Argumente für oder dagegen einfallen, die ich ausreichend erörtern könnte. Zu wenig habe ich mich bisher damit auseinander gesetzt. Da hilft leider auch nicht der Schulgarten, den wir der Grundschule hatten.

Und so wechsle ich nach einer fast einem Drittel der verfügbaren Zeit das Thema. Ich schreibe nun zu „Toleranz und Gleichberechtigung". Mein Füller huscht über das Papier. Meine Pro und Kontras stehen schnell fest, auch wenn ich sie zuvor nicht auf einem Beiblatt notiert habe.

Bis zum Ende der Zeit habe ich so neun Seiten DIN A4 voll-geschrieben. Und mir bleiben noch zehn Minuten für den Abschluss. Auch wenn ich in den Text – bewusst oder un-bewusst – eigene Gefühle und Erfahrungen eingebaut habe, bin ich sicher, dass meine wahren Empfindungen nicht offensichtlich rüberkommen. Ich finde meine Argu-mente für mehr Toleranz in der Öffentlichkeit und damit auch der Schule schlüssig und hoffe auf eine gute Zensur.

Am nächsten Tag will ich dann den Masterplan „Freundin für Marek" in die Tat umsetzen.

Er ist ein Mädchen

Vor einigen Wochen hatte ich in der großen Pause plötzlich einen hübschen Jungen mit hellbraunen, kurzen Haaren und schlanker Figur entdeckt. Oder vielmehr wiederentdeckt. Er war mir davor schon mehrmals aufgefallen und könnte durchaus zu einer ernsten Konkurrenz für den Wuschelkopf werden.

Anton bemerkte das Starren, lachte und fragte:

„Gefällt sie dir?"

Verdutzt blickte ich ihn an und erwiderte:

„Spinnst du? Natürlich nicht. Ist doch ein Junge!"

„Nö, ist ein Mädchen. Heißt Kerstin. Ist eine entfernte Cousine von mir – also muss ich es ja wohl wissen."

Er grinste über das ganze Gesicht – oh, wie ich manchmal sein Grinsen hasse.

„Also, gefällt sie dir? Willst du sie kennenlernen?"

Ich weiß noch, dass ich damals errötete, wiegelte aber alle Versuche, dem vermeintlichen Jungen vorgestellt zu werden, ab. Gut, dass ich Anton nicht erklären musste, warum ich Kerstin wirklich anstarrte.

Jetzt aber will ich das ändern. Also nicht Anton erklären, dass und warum ich ständig hübschen Jungs hinterherschaue und was ich für ihn empfinde. Sondern dieses Mädchen Kerstin kennenlernen.

Ich bitte Anton, mich mit ihr bekannt zu machen. Wir verstehen uns auf Anhieb – was die ganze Sache etwas erleichtert. Kerstin ist etwas mehr als ein Jahr jünger, treibt viel Sport, ist handwerklich geschickt und gibt sich überhaupt nicht mädchenhaft.

Kerstin gesteht: „Du bist mir auch schon aufgefallen. Aber ich habe mich nicht getraut, dich anzusprechen."

Ich laufe knallrot an, als sie zugibt mich ganz niedlich zu finden und mich auch gern näher kennenlernen zu wollen. Vielleicht ist doch noch nicht alles mit mir verloren, wenn ich jetzt schon bei Mädchen erröte!

Von nun an verbringen wir fast alle Pausen zu dritt. Kurz darauf kann jeder, der es sehen will, Kerstin und mich Händchen haltend durch die Schule laufen sehen. Wir reden viel miteinander, stehen meist eng beisammen und kichern – wie man es von einem frischverliebten Teenagerpärchen erwarten würde. Für ein Mädchen ist sie echt schwer in Ordnung.

Die Gerüchte lassen glücklicherweise etwas nach und auch Anton scheint kein Problem damit zu haben, dass er sich mich nun mit seiner Cousine teilen muss. Es nervt nur etwas, wenn er manchmal fragt, wie es in der Beziehung steht und ob wir schon „rumgemacht" hätten.

Wie bitte?! Das ist doch geheim!

Dabei grinst er mich meist mit seinen frechen blauen Augen an und kichert, wenn er mich damit wieder einmal aus der Fassung bringt. In seiner Gegenwart bin ich beinahe hilflos und gleichzeitig fühle ich mich wunderbar gut - bin ich etwa in Anton verliebt?

Aber …

Reiß dich zusammen, Marek!

Ich habe nun also eine feste Freundin und obwohl ich für Kerstin nicht die gleichen Gefühle empfinde wie für Anton, gebe ich mir natürlich die größte Mühe, die Beziehung aufrecht zu erhalten. Ich lade sie ins Kino oder zum Eis essen ein, in der Schule verbringen wir fast jede freie Minute miteinander. Ich erlaube ihr sogar, mich in der Öffentlichkeit zu knuddeln.

Manchmal küssen wir auch.

Sie zwickt mir zumindest nicht in die Brustwarzen oder tritt mir in die Eier. Vielleicht gibt es ja tatsächlich auch tolle Mädchen und Anuschka war eine Ausnahme.

Auch außerhalb der Schule treffen wir uns ab und zu, um zusammen etwas zu unternehmen. Nach einigen Wochen will Kerstin aber nun endlich mehr als nur Händchen halten oder gelegentlich küssen.

Doch obwohl ich sie gut leiden kann – ja sogar sehr mag - und die Zeit mit ihr genieße, kann ich dieser Beziehung nicht viel abgewinnen. Ich fühle sich ständig, als würde ich sie betrügen, will ich doch eigentlich etwas ganz anderes – jemand ganz anderes!

Wieder einmal nix ...

Kurz vor Ende des Schuljahres stehen die alljährlichen Bundesjugendspiele auf dem Plan. Meine Lust darauf ist - wie bei allen sportlichen Veranstaltungen - sehr gering. Ich bin doch in Sport noch immer eine Niete und verbinde außerdem ziemlich schmerzhafte Erinnerungen mit den sportlichen Wettkämpfen an meiner alten Schule.

Von der ersten bis einschließlich sechsten Klasse konnte ich mich bei der sogenannten Jugendspartakiade noch so anstrengen. Nie gelang es mir, Leistungen zu erzielen, die an die hohen Erwartungen der Schule oder die von Vati herankamen. Tonda hingegen konnte fast in jedem Jahr eine Medaille abstauben.

In meinem letzten Jahr in Písek hatten sich die Bewertungsrichtlinien etwas geändert, so dass es nun eigentlich leichter sein sollte, wenigstens eine Urkunde zu ergattern. Auch wenn diese im Allgemeinen nur als „Trostpreis" angesehen wurde. Auch ich strengte mich so gut es ging bei Ballweitwurf, Weit- und Hochsprung, 50-Meter-Sprint und Dauerlauf an. Meine Ergebnisse konnten sich durchaus sehen lassen. Und so stand ich - gemeinsam mit den anderen Jungen und Mädchen meiner Schule – erwartungsvoll vor der großen Tribüne.

Zunächst wurde in den unteren Klassenstufen begonnen, die Urkunden zu überreichen, bevor dann die drei Besten der jeweiligen Klasse mit einer Medaille ausgezeichnet wurden. Die Gesamtpunktzahl wurde dabei jeweils stolz von der Pionierleiterin verkündet und von der gesamten Schulgemeinschaft mit Applaus gewürdigt.

Nun war gleich die siebte Klasse an der Reihe. Ich war schon jetzt ein nervöses Wrack. Hoffentlich reicht es wenigstens für eine Urkunde. Vati wäre dann bestimmt endlich mal stolz auf mich. Die Schüler der beiden Klassen in diesem Jahrgang wurden nach der erreichten Punktzahl aufgerufen. Die Menge der Schüler um mich herum wurde immer kleiner, aber ich wurde nicht aufgerufen.

Als dann die drei Besten aufgefordert wurden, nach vorn zu kommen und ihre Medaillen in Empfang zu nehmen, war mir – ebenso wie zwei anderen aus der Jahrgangsstufe – klar: Ich hatte es wieder einmal nicht geschafft. Am liebsten wäre ich im Boden versunken, weniger aufgefallen wäre ich den umherstehenden Schülern der sechsten und achten Klasse dann auf jeden Fall.

Doch es blieb mir leider verwehrt, dass sich der Boden öffnete und mich verschlang. Wenigstens heulte ich nicht, obwohl mir danach zumute war.

„Bitte applaudiert den Siegern der Kinder- und Jugendspartakiade! Und den anderen beim nächsten Mal mehr Erfolg!", kann ich auch heute noch in meinen hochroten Ohren dröhnen hören.

Später fuhr ich wütend und enttäuscht wie ein Irrer mit dem Rad nach Hause. Ich achtete dabei nicht einmal auf den herankommenden Schulbus, der mich kurz vor meinem Heimatort überholte.

Ich wusste, dass ich Ärger mit meiner Lehrerin bekommen würde, hatte ich mich doch ohne Abmeldung vom Sportgelände in der Kreisstadt weggestohlen. Vielleicht muss ich sogar zum Direktor. Das wäre dann das erste Mal seit mehr als drei Jahren. Und selbst dieses eine Mal davor war nur, weil ich mich im Schulbus für meinen jüngeren Bruder eingesetzt und einem Jungen die Nase blutig geboxt hatte.

Der Direktor war überhaupt nicht begeistert.

Der Bus bremste wie erwartet neben mir ab und scherte vor mir ein. Unsere wuchtige Pionierleiterin stieg aus und hielt mir einen Vortrag über Pioniere und deren korrektem Verhalten. Ich schaltete so gut es ging auf Durchzug. Bei ihrem Organ war das gar nicht so einfach.

„Du musst dich mehr anstrengen … bla … dann erreichst auch du eine Urkunde … bla. Schau dir deinen Bruder Tonda an … bla … du kannst nicht einfach wegfahren! Wenn dir etwas passiert wäre … bla … bla!"

Als sie dann auch noch meinte: „Die zwei Punkte hättest du auch noch erreichen können, oder?!", schossen mir die Tränen in die Augen.

Mir fielen so viele Worte ein, die ich ihr dafür gern an den Kopf geknallt hätte. Vor dem gefüllten Schulbus hätte dies allerdings zu weitaus schlimmeren Konsequenzen als einer nicht erreichten Urkunde oder dem Besuch beim Direktor geführt. Ich wollte nur noch weg!

Ungeachtet ihrer weiteren Belehrungen und Ermahnungen, stieg ich erneut wie ein Besessener in die Fahrradpedale und fuhr davon.

Daheim angekommen hatte ich einmal mehr das Gefühl, es Vati nie recht machen zu können. Deutlich zeigte er voller Stolz auf Tondas Medaille. Dass ich lediglich zwei magere Punkte an einer dieser dämlichen Urkunden vorbeigeschrammt war, ließ er natürlich nicht gelten.

Abends hielt er mir einen Vortrag. Ich solle mich mehr anstrengen, nicht nur immer über den Büchern sitzen. Soll mir ein Beispiel an Mutti, Tonda und ihm nehmen. Die ganze Zeit wehte mir dabei seine Bierfahne ins Gesicht – ein Geruch, den ich absolut nicht leiden konnte. Ich versuchte mich von ihm abzuwenden, um es nicht riechen zu müssen. Endlich ließ er mich in Ruhe.

Vati trinkt nicht viel und auch nicht oft, aber er tut es. Und das obwohl er genau weiß, was Alkohol anrichten kann. Erst vor knapp einem Jahr war mein Onkel gestorben, nachdem er bei einem Unfall mit alkoholisiertem Fahrer schwerste Verletzungen davon getragen hatte. Mehrere Jahre hatte er in verschiedenen Krankenhäusern und zuletzt in einer Pflegeeinrichtung verbracht. Die genaue Unfallursache konnte offiziell nie geklärt werden. Und soweit ich das mitbekommen hatte, wurde der Verursacher nie ausreichend bestraft.

Was kostet eigentlich ein Menschenleben?

Ich weiß noch, wie Mutti damals reagierte, als sie über den Tod ihres Bruders informiert wurde. Sie war völlig aufgelöst. Ihre Gefühle hatten auch mich übermannt und wir heulten gemeinsam im Hausflur.

Lauschangriff

Die Teilnahme an den Bundesjugendspielen ist aber leider für alle Schüler Pflicht und so lasse ich es wie schon in der alten Schule über mich ergehen.

Nachdem ich die ersten Disziplinen absolviert habe, kommt Kerstin auf mich zu, umarmt mich und setzt sich neben mir auf die Zuschauertribüne. Wie üblich lehnt sie sich bei mir an und greift nach meiner Hand. Jeder um uns herum kann sehen, dass wir zusammen sind. Zum Glück merkt niemand, wie unwohl ich mich dabei fühlte.

Hinter uns unterhalten sich zwei Lehrer über Anton. Neugierig wie wir beide nun einmal sind, lauschen wir dem Gespräch, während Kerstin weiter innig mit mir kuschelt.

Unser gemeinsamer Englischlehrer erzählt gerade Antons Klassenlehrerin, dass dieser wohl in Englisch und in Mathe durchfallen wird, wenn sich nicht noch die Chance auf einen Ausgleich böte. Die Zeit dafür wäre aber mittlerweile sehr knapp und nur noch eine wirklich sehr gute mündliche Leistung könnte ihn über den Durchschnitt von 4,5 retten. Entsetzt lausche ich den Ausführungen der beiden Lehrer. Anton – sitzenbleiben? Aber, wir haben doch so verdammt hart gearbeitet!

Als die beiden Lehrer bemerken, dass sie belauscht werden, wechseln sie den Platz und schließlich auch das Thema. Ungewollt werde ich traurig und lasse einen zu tiefen Seufzer los, was Kerstins Aufmerksamkeit erregt. Sie hat das Gespräch zwar auch verfolgt, es scheint ihr aber nicht so nahe zu gehen. Obwohl Anton ihr Cousin ist, zugegeben über vier Ecken, aber immerhin.

Plötzlich schaut mich Kerstin an und lächelt liebevoll:

„Vielleicht fragst du Anton, ob er mit dir geht."

Dann gibt sie mir einen dicken Kuss auf die Wange und zwinkert mir zu, bevor sie sich wieder neben mich setzt. Was ist da gerade passiert? Ich bin völlig perplex. Was hat sie gesagt? Bin ich nun doch aufgeflogen? Was weiß Kerstin und wer weiß es noch? Ist es so offensichtlich, dass ich Anton sehr gern habe? Und wieso sollte Anton ausgerechnet mit mir gehen wollen?

Verwirrt schaue ich in ihr besorgtes Gesicht.

„Aber … was … ich verstehe nicht …"

Mehr kriege ich nicht raus, meine Stimme überschlägt sich. Ich merke, wie die Tränen hinab kullern.

„Keine Sorge Marek. Dein Geheimnis ist bei mir sicher. Ich hab mir schon so etwas gedacht – schon lange", erwidert Kerstin lächelnd.

Sie streicht mir über die Haare und drückt meine Hand, die sie noch immer fest in ihrer hält.

„Ich mag dich trotzdem sehr. Drückst du mir die Daumen für den 1000-Meter-Lauf?"

Dann steht sie auf, gibt mir einen Kuss auf den Mund und steigt die Treppen zu ihrem nächsten Wettkampf hinab. Als ich ihr beim Hinabsteigen hinterher schaue, dreht sie sich noch einmal um und winkt mir zwinkernd zu.

„Es tut mir wirklich leid!", rufe ich ihr zum Erstaunen der anderen Schüler hinterher.

Doch sie lächelt nur und wirft mir winkend ein paar Küsse zu. Als sie außer Sichtweite ist, muss ich tatsächlich weinen. Wie vom Blitz getroffen sitze ich noch eine Weile auf der Bank, bevor auch ich zum nächsten Wettkampf gehen muss. Immerhin kann ich wenige Stunden später endlich meine langersehnte, erste Urkunde für gute sportliche Leistungen im Empfang nehmen. Stolz ist Vati darauf allerdings trotzdem nicht – sie sei doch viel zu leicht zu erringen gewesen, sagt er.

Mit Kerstin verbringe ich auch danach noch immer Zeit, unsere „Beziehung" löst sich langsam aber sicher auf.

Ich habe mit ihr vereinbart, dass wir noch bis zum Schuljahresende so weitermachen. Eine Trennung in den Sommerferien sei schließlich nichts Ungewöhnliches. Unsere Mitschüler würden dadurch den wahren Grund nie erfahren. Mir war es ganz recht, muss ich ihr doch so nicht mehr irgendwelche Gefühle vorheucheln.

Nachts träume ich sowieso immer noch von Jungen, auch oder vor allem von Anton.

Und meist haben sie dabei nichts an!

Wird (nicht) versetzt?

Aber nun gilt es erstmal einen Schlachtplan für Antons Versetzung zu schmieden. Ich suche dazu den Lehrer auf und bitte ihn um ein Gespräch. Nicht sofort wird ihm klar, um wen es mir dabei geht.

„Warum setzt du dich für ihn ein? Er ist doch nicht einmal in deiner Klasse!"

„Weil wir Freunde sind und es sehr schade fände, wenn er das Jahr wiederholen müsste. Er hat doch das gesamte Jahr über sehr hart gearbeitet und gute Fortschritte gemacht. Geben Sie ihm noch eine Chance!"

„Tut mir leid, aber wenn er in der nächsten Abfrage nicht mindestens eine 2 schafft, kann ich nichts für ihn tun. Dann ist der Durchschnitt zu schlecht. Aber gut, ich werde Anton nochmal abfragen. Das hatte ich eh vor."

Davon darf Anton natürlich nichts mitbekommen. Noch immer verbringen wir wöchentlich zwei Nachmittage mit Nachhilfe, so dass ich ihn auf den mündlichen Test vorbereiten kann. Nur manchmal ist er sauer, dass ich mit Kerstin Schluss gemacht habe.

Anton wird heute gleich in der ersten Stunde in Mathe abgefragt. In der Pause erzählt er mir, dass er dank der intensiven Vorbereitung eine sehr gute 2 erreicht hat, wodurch sich sein Durchschnitt auf unter 4,5 verbessert und er die bessere Note bekommt. Seine Versetzung ist somit quasi schon in trockenen Tüchern.

Auch sein Englischlehrer ruft ihn nach der großen Pause zum Vokabeltest an die Tafel. Mit nur zwei Fehlern erreicht Anton eine 1- und damit auch hier eine Vier im Zeugnis. Er ist außer sich vor Freude, dass er das Schuljahr nun doch nicht wiederholen muss.

Natürlich erzähle ich ihm nichts von meinem Gespräch mit dem Lehrer. Soll Anton ruhig glauben, dass er es ganz allein geschafft hat – was ja in gewisser Weise auch stimmt. Wer abgefragt wird, entscheiden letztlich die Lehrer, nicht ich. Und ich stehe auch nicht vorn an der Tafel – sondern Anton ganz allein.

Zumindest in seinem Fall. Ich selbst will mich, angespornt von meinen guten Ergebnissen bei der Nachhilfe, auch noch einmal abfragen lassen, um meiner Note in Englisch einen Schubs in die richtige Richtung zu geben. Also melde ich mich, als Herr Schumann nach einem Freiwilligen sucht. Ich bin fest davon überzeugt, dass ich alles kann. Die erste Sechs meines Lebens überzeugt mich dann allerdings ziemlich deutlich vom Gegenteil. Die Vier im Zeugnis bleibt also – so ein Dreck!

Irgendwie findet Anton es schon wenige Tage später heraus, dass ich mich eingemischt habe und konfrontiert mich auf dem Pausenhof damit.

„Du Blödmann! Wieso mischst du dich da ein? Ich hätte das auch ohne dich geschafft! Das ist mein Leben!"

Der verbale Angriff kommt überraschend, die Wut ist ihm deutlich anzusehen. Ich versuche, ihn zu beschwichtigen. Schließlich sind und bleiben die erreichten Noten seine Leistung. Doch er kommt einfach nicht zur Ruhe. Bevor ich eine Entschuldigung herauspressen kann, gibt er mir eine schallende Ohrfeige.

Zwei Mitschüler, die den Streit mitbekommen, lachen und zeigen mit dem Finger auf uns: „Oh, da hat es sich wohl gehörig ausgeturtelt."

Ich zische: „Halts Maul, Arschloch!", und laufe davon.

Ich weiß nicht, worüber ich wütender bin. Über Antons Ohrfeige, die Kommentare der anderen Schüler oder über mich, weil ich mich eingemischt habe.

Die letzten Schultage reden wir überhaupt kein Wort mehr miteinander. Wir treffen uns nicht einmal.

Ob es Anton genauso schwerfällt wie mir? Ich ertappe mich oft dabei, dass ich wehmütig zu ihm hinübersehe und spüre, wie es mir tief im Herzen wehtut. Wie Hunderte kleine Stiche mitten ins Herz.

In den Sommerferien unternehme ich sehr viele Touren mit meinem Fahrrad, oft auch in die Nähe von Anton. Aber ich traue mich nie, meinen Freund tatsächlich zu Hause zu besuchen. Zu groß ist die Angst, ihn ganz zu verlieren, wenn ich plötzlich vor der Haustür stünde.

Und doch vermisse ich ihn jede Minute. Wenn ich die Augen schließe kann ich jedes noch so kleine Detail vor meinem inneren Auge sehen – die süßen Grübchen, die Stubsnase, die unscheinbaren Locken am Nacken.

Meine Gefühle für Anton sind in den vergangenen Wochen trotz des Streits nur noch intensiver geworden.

Und damit auch die Grübeleien, ob vielleicht etwas nicht mit mir stimmt. Anton geht mir nicht nur nachts nicht aus dem Kopf, oft denke ich auch tagsüber an ihn. Und so beschließe ich, nach den Sommerferien etwas unternehmen zu wollen, nein zu müssen – unsere innige Freundschaft muss wieder repariert werden.

Bis dahin versuche ich mich mit anderen Jugendlichen aus dem Ort beim Tennis, rumlungern oder mit Baden im Weiher im nahen Wald abzulenken.

Weitere Ablenkung erhalte ich durch den Familienurlab im Bayerischen Wald. Vati hat für zwei Wochen eine kleine Ferienwohnung gebucht. Die Gegend ist toll und wir unternehmen seit langer Zeit wieder sehr viel zusammen. Wie eine richtige Familie eben. Abends spielen wir Karten und Mensch ärgere dich nicht oder sehen zusammen fern.

Dass ich mir vorübergehend das Zimmer mit Tonda teilen muss, stört mich kaum. Er lässt mich eh meistens in Ruhe, so dass ich sogar zum Lesen komme. Mutti hat bei einem Buchclub einige interessante Bücher bestellt, die ich mir mitgenommen habe.

In der zweiten Woche machen wir einen Ausflug in ein nahes Thermalbad. Es wird von einer heißen Quelle gespeist und neben mehreren Rutschen, Schwimm- und Planschbecken verfügt es auch über einen Strömungskanal und eine Solegrotte. Tonda ist meist auf den Rutschen unterwegs – für mich ist das allerdings nichts. Und so schwimme ich Bahnen auf und ab oder lasse mich im Strömungskanal herumwirbeln.

Auf einmal spüre ich eine Hand auf meinem Hintern. Ich sehe mich um, kann aber niemanden entdecken. Da ist sie wieder. Jemand grabscht an meinen Po. Erneut drehe ich mich um und schaue in die braunen Augen eines etwa gleichaltrigen Jungen. Er lächelt freundlich.

„Entschuldige, ich wollte mich nur abstützen."

Seine Stimme klingt kratzig und überschlägt sich beim Sprechen. Er hat eine süße Stubsnase und zwischen den Schneidezähnen eine kleine Lücke. Durch das Wasser kann ich erkennen, dass er eine rote Badehose trägt.

„Schon ok, hier wird man ja gut durchgewirbelt."

„Stimmt. Ich heiße Lukas."

„Marek, freut mich."

„Mich auch."

Wir verlassen den Kanal und legen uns in die Solegrotte. Dort ist es mollig warm und das Salzwasser prickelt angenehm auf der Haut. Lukas ist wie ich mit seiner Familie hier und kommt eigentlich aus Nordrhein-Westfalen. Er ist gerade 14 geworden. Eigentlich soll er auf seine beiden kleinen nervigen Schwestern aufpassen, aber die würden ihm ständig davonlaufen.

Durch die kleine Zahnlücke wirkt sein Lächeln irgendwie noch süßer. Seine enge Badehose lässt nicht viel Spielraum für Fantasie zu. Er erzählt mir, dass er begeisterter Leichtathlet ist. Geräteturner, um genau zu sein. Sieht man seinem Körper auch an. Es sollte eigentlich verboten werden, so unverschämt gut auszusehen.

Unser Gespräch führt irgendwann zwangsläufig zum Thema Mädchen und ich erzähle ihm von Kerstin. Lukas hat keine Freundin, will im Moment auch keine.

„Ich will mich erst auf dem Markt umschauen, wenn du verstehst, was ich meine."

„Hat bestimmt auch in Westfalen schöne Mädels."

„Ja klar … und auch … Jungs."

Ich glaube zunächst, mich verhört zu haben und frage deshalb sicherheitshalber nach.

„Sagtest du gerade Jungs?"

„Klar. Bevor ich mich fest an ein Mädel binde, will ich doch mal gucken, was sich sonst noch bietet."

Seine Hand liegt plötzlich auf meiner Brust und gleitet auf ihr hinab. Mir läuft es eiskalt den Rücken hinunter. Und das liegt mit Sicherheit nicht an der Wassertemperatur. Das Wasser hat nämlich knapp 33 Grad.

„Ausprobieren darf man doch alles einmal, oder siehst du das anders, Marek? Viele machen das …"

„Echt? Wusste ich nicht."

Er lächelt die ganze Zeit verführerisch – selbst Antons blaue Bergseeaugen sind ein Dreck dagegen. Lukas weiß genau, was er tut und ich vermute, es ist nicht das erste Mal, dass er das tut. Aber mit einem völlig Fremden!? Wie kann man nur so selbstbewusst sein?

Den Rest unseres Gespräches erlebe ich nur wie in Trance. Vielleicht liegt es an der warmen, feuchten Luft in dem nahezu komplett geschlossenen Raum. Ich schwitze furchtbar und ich weiß nicht, ob es an dem Adonis vor mir oder dem mollig warmen Salzwasser liegt.

„Sorry, muss leider gehen."

Kurz darauf ist Lukas tatsächlich gegangen. Ich sehe ihn später noch einmal in Begleitung seiner beiden Schwestern. Er wird kein bisschen rot, als er zu mir rüber schaut und winkt. Dann ist er leider für immer verschwunden. Im Gegensatz zu meinen Zweifeln.

Auch wir brechen bald auf. Am Abend grillt Vati leckere Würstchen und Steaks auf dem Balkon. Mutti hat ihren köstlichen Nudelsalat mit kleinen Gürkchen und Erbsen gemacht. Nach dem Essen spielen wir noch zusammen Mau Mau – ich verliere ständig, weil ich in Gedanken noch immer in der Solegrotte bin.

Ist das vorhin wirklich passiert? Und warum fühlte es sich so gut an? Probieren es wirklich so viele andere Jungen auch einmal aus? Danke Lukas! Durch dich ist alles nur schlimmer geworden!

Nacktschnecken

Durch Tonda und die Mitgliedschaft im Tennisverein habe ich etwas Kontakt zu anderen Jungen und Mädchen aus dem Ort bekommen. Man trifft sich meist in kleineren Grüppchen auf dem Sportplatz, im nahegelegenen Wald, an der Bushaltestelle oder am Kinderspielplatz. Gemeinsam hören wir Musik, tratschen, spielen Fußball auf der Straße oder verabreden uns zum Baden.

Auf diese Weise lerne ich auch Jessica und ihren älteren Bruder Hannes kennen. Die beiden gelten als Exoten im Ort, wollen sich doch nirgends so richtig einordnen lassen. Hannes ist überzeugter Punker, Jessica eckt durch ihr jungenhaftes Verhalten überall an. Aber das ist beiden egal! Sie scheinen es sogar regelrecht drauf anzulegen.

Zum ersten Mal seit unserer Ankunft vor einem Jahr habe ich das Gefühl, wirkliche Freunde gefunden zu haben. Anton einmal ausgenommen, der fällt ja auch in eine andere Kategorie. Gerade mit den Gleichaltrigen habe ich immer so meine Probleme, mit Jüngeren und Erwachsenen komme ich meist prima zurecht.

Schnell wird aus uns ein unzertrennliches Trio, das jede Möglichkeit nutzt, sich zu treffen. So vergeht kaum ein Tag, an dem ich nicht wenigstens ein paar Stunden mit Hannes oder Jessica verbringe. Wir reden über das aktuelle Weltgeschehen, Kunst und Kultur, bemerken einige Gemeinsamkeiten – so schreibt auch Hannes eigene Gedichte – oder wir albern und toben herum.

Hannes und ich fahren nachmittags oft zu einem etwas versteckten Weiher, der in einem nahegelegenen Waldstück lag. Natürlich ist dieser Ort auch anderen Jugendlichen aus dem Ort bekannt, aber selten sind dort mehr als zehn Menschen anzutreffen.

Selbst an den heißen Tagen zieht es nicht viele dorthin, liegt doch das saubere Freibad nur vier Kilometer entfernt. Der Weiher selbst ist wie ein L geformt und kann über zwei gegenüberliegende Ufer betreten werden.

Das Wasser ist in diesen Tagen angenehm temperiert und wenn man sich nicht an den herumschwimmenden Fischen stört, kann man es dort gut und gern mehrere Stunden aushalten. Lediglich Sandstrand sucht man hier vergebens, aber das ist den meisten Besuchern egal. Dafür gibt es in Ufernähe Bäume, von denen man hervorragend in das Wasser springen oder sich mittels Reifenschaukel hineinschwingen kann. Und man ist aufgrund der Abgeschiedenheit meist unter sich.

Fünf Wochen der Ferien sind nun schon vergangen und auch Hannes ist mit seiner Familie endlich wieder aus dem Urlaub zurück. Kaum sind sie daheim angekommen und haben ihre Taschen ausgepackt, klingelt bei uns daheim schon das Telefon.

„Hey, wir sind wieder da! Lust, schwimmen zu gehen und danach bei uns zu grillen?"

Ohne Zögern nehme ich die Einladung an, packe kurz ein paar Sachen in den Rucksack, schreibe meinen Eltern einen Zettel und radle zu Hannes' Haus. Jessica ist noch mit Auspacken beschäftigt und hat versprochen, danach etwas für die Schule zu tun. So bleiben nur Hannes und ich übrig, um zum Weiher zu fahren.

Trotz der annähernd 30 Grad sind nur zwei weitere Besucher zu sehen. Diese sind jedoch am gegenüberliegenden Ufer. Stören uns also nicht. Selbst wenn wir schreien würden, würden sie uns kaum hören.

„Mist, ich hab keine Badehose dabei", schimpft Hannes, der nur noch in Unterhose dasteht.

„Egal, dann eben nackt. Stört dich doch nicht, oder?"

Ich schaue in das grinsende Gesicht meines Freundes und weiß nicht recht, was ich darauf antworten soll.

„Naja mich vielleicht nicht, aber denk mal an die armen Fische!", gebe ich nach kurzem Überlegen zurück.

Wenigstens ist mir dieses Mal nicht erst wieder nach Stunden eingefallen, was ich hätte sagen können.

Hannes lacht laut auf, zieht sich komplett aus und springt in das kühle Nass. Ich kann noch erkennen, dass Hannes' Hintern wie der restliche Körper sonnengebräunt ist. Langsam gleiten die ersten Wassertropfen an ihm hinunter und verleihen seinem Körper in der Sonne einen besonderen Glanz.

Verdammt Marek, hör auf zu starren!

Gut, dass ich meine Badehose dabei habe. Das würde sonst vielleicht zu peinlich. Bevor Hannes meine Verwirrung bemerken kann, springe ich ebenfalls ins Wasser. Wir schwimmen und planschen, kämpfen miteinander und versuchen, den jeweils anderen zu tauchen.

Ich genieße die ungewohnte Unbeschwertheit in vollen Zügen, auch wenn ich mich dabei ertappe, wie ich nach Hannes' nacktem Körper schiele. In einem unachtsamen Moment werde ich von hinten gepackt und Hannes reißt mir die Badehose vom Leib.

„Damit dein weißer Arsch auch mal etwas Sonne abbekommt", grinst er frech.

Erst will ich mich beschweren, halte dann aber doch lieber den Mund – außerdem ist es ja nur fair, dass nun beide nackt sind. Darüber hinaus fühlt sich das kühle Wasser ziemlich gut an. Die Kabbelei geht unvermindert weiter. Allerdings habe ich den Eindruck, dass Hannes immer wieder engeren Körperkontakt sucht und sich manchmal fast absichtlich von mir fangen und tunken lässt. Vielleicht bilde ich mir das auch nur ein.

Also nicht, dass ich was dagegen hätte, aber unangenehm ist es schon etwas. Zumindest für mich Grübler.

Sofort schießen mir wieder Überlegungen in den Kopf, wie er wohl reagieren würde, wenn ich zu viel Freude an den Berührungen zeige. Dann wäre die Freundschaft genauso schnell vorüber, wie sie begonnen hat.

„Los, komm! Lass uns etwas Sonne tanken!"

Die Worte meines Freundes reißen mich aus meinen trüben Gedanken.

„Marek, was ist? Komm raus – du bist schon ganz blau! Los raus mit dir!"

Nun scheint es ihm aber zu dämmern und Hannes lacht: „Jetzt sei kein Feigling, ich hab auch eine Latte. Das ist doch das Normalste von der Welt!"

Mit diesen Worten dreht er sich um und präsentiert voller Stolz was normalerweise zwischen seinen Beinen baumelt. Ich spüre, wie ich trotz des kühlenden Wassers erröte, mein Mund trocken wird und mein „Problem" eher wächst statt schrumpft.

Lachend setzt sich Hannes auf unsere Decke und trocknet sich ab. Weil mir langsam richtig kalt wird, steige auch ich aus dem Wasser und reibe mich trocken. Immer noch nackt setze ich mich neben Hannes auf die Decke und versuche, meine Lenden zu bedecken.

„Du bist mir einer! Im Wasser an mir rumgrabschen und jetzt so schüchtern", lacht Hannes wieder.

„Hey, das stimmt gar nicht!", versuche ich mich zu verteidigen, „Außerdem hast DU angefangen."

Wir sehen uns an und müssen plötzlich lachen. Schweigend sitzen wir danach eine Weile nebeneinander und tanken Sonne. Es ist so schön friedlich hier.

„Ich geh nochmal rein, damit es sich auch gelohnt hat. Ich muss um sechs zu Hause sein", sage ich nach einer Weile und springe – noch immer nackt – wieder ins Wasser. Es fühlt sich so toll – so natürlich - an.

„Wieso um sechs zu Hause?"

Hannes wirkt etwas überrumpelt.

„Ich dachte, du kommst mit zu mir - grillen?"

„Oh ja stimmt. Hab ich ganz vergessen. Entschuldige! Macht der Gewohnheit."

Auch Hannes springt noch einmal ins Wasser und das Herumtoben geht in die nächste Runde. Dass wir beide nackt sind, stört mich nun nicht mehr so sehr. Es macht mir auch kaum etwas aus, wenn wir uns beim Kabbeln versehentlich im Schritt berühren.

Bis auf Lukas habe ich noch nie einen anderen Jungen auf diese Weise berührt oder bin von einem so berührt worden. Die Spiele mit Petr und Milan waren dagegen wirklich nur unschuldige Spielchen. Und so lasse ich mir nicht anmerken, wie sehr es mich erregt und dass dennoch wieder Selbstzweifel in mir aufkeimen.

Versau dir bloß nicht diesen Moment!

Nach dem ausgiebigen Bad trocknen wir uns beide ab und fahren im langsam aufkommenden Abendrot gemütlich zum Haus von Hannes' Familie, wo wir bereits erwartet werden. Der Grill glüht schon und die Auswahl an Fleisch ist üppig. Natürlich verlangen Jessi und Hannes nun erstmal auf den aktuellsten Stand in Sachen Dorftratsch gebracht zu werden, bevor sie von ihrem zehntägigen Urlaub an der französischen Mittelmeerküste berichten.

So finde ich auch heraus, dass Hannes dort des Öfteren allein am nahen FKK-Strand gesehen wurde. Weshalb nun auch sein Hintern so braun gebrannt sei.

„Woher weißt du das, wenn du selbst nicht dabei warst?", will ich von Jessi wissen.

„Ganz einfach, du Dummerchen! Wir haben uns ein Zimmer geteilt und diese Nacktschnecke da muss ja immer alles zeigen", kichert sie, während sie auf ihren Bruder zeigt. Der wird nicht einmal rot!

„Für eine 12-Jährige bist du ganz schön frech, findest du nicht auch, Marek?", versucht Hannes nun doch vom Thema abzulenken.

Ich zucke nur mit den Schultern – ich kenne Jessi ja schließlich nicht anders. Und das macht sie außerdem so überaus sympathisch.

„So bin ich halt", gibt Jessica mit rausgestreckter Zunge zurück, bevor sie ins Haus läuft und fünf große Eisbecher mit Erdbeeren und Schlagsahne als Nachtisch holt.

„Selbstgemacht!", sagt sie.

Brandenburgische Heidelbeeren

Früher bin ich ebenfalls mit meiner Familie am FKK-Strand gewesen. Zum Beispiel auch vor drei Jahren.

Den Sommerurlaub verbrachten wir damals an einem ehemaligen Braunkohletagebau in Brandenburg. Wir hatten einen Bungalow mit zwei Schlafzimmern und kombinierten Wohn- und Küchenbereich gemietet.

Lediglich die sanitären Einrichtungen befanden sich außerhalb. Nachts aufs Klo zu gehen, war immer mit einem kleinen Fußmarsch durch den dunklen Wald verbunden. Die Tiere des Waldes und auch der Wald selbst klangen nachts ganz anders als am Tag.

Aber zum Glück gab es ja Taschenlampen.

Im Nachbarbungalow wohnten Muttis Vorgesetzter und seine Familie. Mit dabei Alexander und Dima, ihre Söhne. Alex war in Tondas Klassenstufe, trotzdem hatten beide bislang nicht viel miteinander zu tun.

Obwohl man es von einem Bücherwurm wie mir nicht denken würde, genoss ich jeden Moment in der freien Natur. Wenn ich morgens aufstand, lief ich oftmals einen Umweg zum Bäcker, um länger im Wald unterwegs zu sein. Ich konnte dort sehr gut nachdenken. Die frische Luft tat außerdem meinem Appetit ganz gut.

Nach ein paar Tagen erwachte ich kurz vor 6 Uhr und stahl mich heimlich aus dem Bungalow – eine Schüssel unter den Arm geklemmt. Im Wald gleich hinter den Bungalows hatte ich nämlich viele reife Heidelbeeren entdeckt. Diese wollte ich für meine Familie pflücken, sie zum Frühstück damit überraschen.

Auf dem Rückweg lief ich Alexander über den Weg.

„Guten Morgen Marek!", begrüßte er mich freudig.

„Hallo Alex, schon so früh wach? Tonda schläft sicher wieder noch bis nach 9."

„Kein Problem."

Der Nachbarsjunge erzählte mir, dass er nicht mehr schlafen könne und sich deshalb aus dem Bungalow geschlichen habe. Als er die Unmengen Heidelbeeren entdeckte, fragte er, ob es noch welche gäbe.

„Klar. Jede Menge."

„Kannst du mir zeigen, wo?"

„Natürlich, aber du brauchst eine große Schüssel."

Alex verschwand leise im Bungalow und kehrte kurz darauf mit einer Schüssel zurück. Währenddessen hatte ich meine Ernte bereits reingebracht.

Gemeinsam zogen wir los. Auf der Lichtung gab es noch unzählige Sträucher, die ich zuvor nicht abgeerntet hatte. Meine Schüssel war dafür schlichtweg zu klein. Ich half Alex beim Pflücken, während wir uns unterhielten. Er wolle später noch an den Nacktbadestrand des Sees gehen und ein paar Runden schwimmen. Das würde sein Vater sonst niemals erlauben. Darum wolle er es tun, während sie alle noch schliefen.

„Warte kurz, ich komme mit – wenn ich darf", erwiderte ich und hoffte insgeheim auf Zustimmung.

Schon eine Weile hatte ich mir nämlich gewünscht, den sportlichen Jungen mit den haselnussbraunen Haaren einmal nackt sehen zu können.

Da waren sie leider wieder, meine Gedanken!

Wir brachten die frischen Heidelbeeren zurück zum Bungalow und holten unsere Handtücher. Sicherheitshalber nahmen wir auch die Badehosen mit. Nebeneinander schlenderten wir durch den Wald. Natürlich war am Strand noch nicht viel los – nur ein paar Frühaufsteher zogen bereits ihre Bahnen im sommerlich warmen Wasser.

Wir zögerten nicht lange und stiegen aus unseren Shorts und T-Shirts. Ich bemerkte, dass Alexander nicht einmal Unterwäsche unter seiner Hose trug. Sein brauner Hintern strahlte regelrecht in der Sonne.

„Warum auch, ich ziehe sie doch eh gleich wieder aus", kicherte der jüngere Bursche, als er meinen verwunderten Blick bemerkte. Er hatte ja irgendwie Recht.

Dann rannten wir ins kühle Nass, schwammen und tobten herum. Ich vergaß sogar, mich meiner Blicke auf den tollen Körpers meines Begleiters zu schämen. Die Morgenröte brachte seinen nahezu nahtlos braungebrannten Körper erst so richtig zur Geltung. Als Alexander aus dem Wasser stieg, konnte ich alles deutlich erkennen und genoss den Anblick eine Zeitlang.

Wir saßen noch eine Weile so am Strand und redeten, bevor wir wieder angezogen zurück zu den Bungalows und unseren Familien liefen. An den darauffolgenden sechs Tagen trafen wir uns jeden Morgen wieder, um gemeinsam heimlich schwimmen zu gehen.

Mittlerweile habe ich aber noch mehr Angst vor den Reaktionen meines Körpers, vor allem wenn mir hübsche Jungen über den Weg laufen. Auf diese Weise will ich mein bestens gehütetes Geheimnis nicht preisgeben!

Kichernde Mädchen

Der Sommer geht leider wieder viel zu schnell vorbei. Mit der Vorfreude, Anton endlich wiedersehen zu können, steigt auch die Sorge, ob die Freundschaft gerettet werden könnte. Am ersten Schultag steige ich deshalb mit sehr gemischten Gefühlen in den Bus zur Realschule, begleitet von meinem Bruder Tonda, der nun ebenfalls auf die weiterführende Schule wechselt. Ich komme mir groß vor – Neuntklässler – noch zwei Jahre bis zum Abschluss.

Hoffentlich hat sich Anton etwas beruhigt.

An den ersten vier Schultagen bekomme ich ihn nicht zu Gesicht. Anton ist nun in der achten Klasse. Meine Klasse ist bis auf wenige Ausnahmen gleichgeblieben, zwei Schüler fehlen durch Wegzug und ein neuer ist durch Sitzenbleiben hinzugekommen. Im Gegensatz zu mir gehört Amir zum festen Stamm der Klassengemeinschaft und wird aufs Herzlichste begrüßt.

Auch ein Großteil der Lehrer ist unverändert. Sogar in Mathe treffe ich wieder auf meinen „Lieblingslehrer" Hirschhauer. Aber wir beide wissen ja nun, wie wir einander zu nehmen haben, damit es zu keinem Streit kommt. Er hat sich irgendwie verändert – netter ist er geworden. Vielleicht weil es sein letztes Jahr als Lehrer wird.

Erst in der zweiten Woche gelingt es mir, Anton während der Frühstückspause an unserem angestammten Platz zu treffen. Warum haben wir uns eigentlich damals einen Platz unmittelbar vor den Jungentoiletten ausgesucht? Wenigstens der Ärger scheint verflogen und wir berichten von unseren Ferien.

Selbstverständlich lasse ich Lukas und das Nacktbaden mit Hannes aus. Selbst Anton braucht meiner Meinung nach noch nicht alles zu wissen, befindet sich die Freundschaft doch nun wieder in einer Art Testphase.

Anton hat mit seiner Familie zwei Wochen im Harz und danach drei Wochen bei seinen Großeltern im Allgäu verbracht. Er hat sehr viel gesehen und erlebt, hat aber die Zeit auch genutzt, um etwas zu lernen. Seinen 14. Geburtstag Anfang August hat Anton ebenfalls bei den Großeltern gefeiert. Sie schenkten ihm eine Spielekonsole.

Wir sind froh, dass wir einander wiederhaben und verbringen jede freie Minute zusammen. Alles ist fast wie früher. Meine Gefühle für ihn leider auch.

Nach einigen Wochen werden auch bei mir endlich die Erfolge des Nachhilfeunterrichtes in Englisch sichtbar: Von einer knappen Vier verbessere ich mich auf eine mittelmäßige Drei. Für mein Ego allerdings noch nicht genug – zu hoch ist der Anspruch an mich selbst.

In den übrigen Fächern komme ich ebenfalls sehr gut mit, so dass ich auch an der Realschule zum oberen Drittel der Klasse gehöre. Mit meinen Mitschülern habe ich meist nur in der Schule Kontakt, während sich diese auch privat treffen. Aber ich gehöre noch immer nicht dazu.

An einem angenehm warmen Herbsttag schlendere ich allein über den Pausenhof. Anton ist mit seiner Klasse weggefahren und so haben wir uns schon ein paar Tage nicht mehr gesehen. Mit den Jungen und Mädchen aus meiner Klasse will ich nicht unbedingt etwas zu tun haben – nicht auch noch in der Pause.

Und dann passiert etwas, was ich bisher nur aus ollen Liebesschnulzen kenne – ich sehe IHN – wie in Zeitlupe laufen die nächsten Minuten ab!

Mir gegenüber steht ein Junge von außergewöhnlicher Schönheit. Sein schwarzes Haar glänzt in der Sonne, das ärmellose T-Shirt hängt locker von den schmalen Schultern hinunter. Was mich allerdings besonders ins Schwitzen bringt, ist die Hose des Siebtklässlers – eine knallbunte

Radlerhose. Eng – viel zu eng - umschließt sie seine offenbar noch gänzlich unbehaarten Beine.

Ich benötige nicht viel Kraft, um mir Details des Jungen vorstellen zu können, zu deutlich zeichnen sich einige Körperpartien im dünnen Stoff ab. Und auch einige Mädchen haben ihrem Kichern nach zu urteilen Gefallen an diesem Anblick gefunden. Ich hingegen bekomme wieder einen trockenen Mund und habe Mühe, meine eigene Erregung vernünftig zu kontrollieren.

Nervöse schaue ich mich um. Hoffentlich hat niemanden mitbekommen, wie ich den Knaben mit den Augen ausgezogen habe. Ich erschrecke wieder einmal vor meinen eigenen versauten Gedanken.

Ich muss vielleicht doch irgendwie krank sein.

Am Nachmittag übe ich wieder einmal Trompete – mehr oder weniger freiwillig – aber mit Sicherheit nicht sonderlich gut. Immerhin hat sich aber noch niemand beschwert. Oftmals klingt es nämlich verdammt schief. Ich spiele eigentlich nur auf Muttis Wunsch wieder ein Instrument. Und durch die Musikapelle hier im Ort geht auch endlich ihr lang gehegter Wunsch, ihren Marek als Trompeter zu sehen, in Erfüllung.

Schon in Semice war ich für knapp drei Jahre Mitglied eines Jugendorchesters. Dort hatte man mir Klavier – zu dicke Finger – und Trompete – zu dicke Lippen – verweigert und mir stattdessen ein Tenorhorn in die Hand gedrückt. Im Orchester saß ich dann eingekeilt zwischen Tuba und dem zweiten Tenorhorn.

Es hatte mir sehr viel Spaß gemacht, schließlich liebe ich Musik. Und ich war auch gar nicht schlecht. Selbst das regelmäßige Üben machte Laune und erst Recht die vielen Auftritte. Aber mit dem kurzzeitigen Gehörverlust ging auch irgendwie meine Lust am Musizieren verloren.

Na gut, hauptsächlich lag es daran, dass ich nach fast zwei Jahren im Orchester das versprochene neue Horn nicht bekommen hatte. Stattdessen gaben sie es Vojtech, der erst ganz frisch dazu gekommen war. Wir konkurrierten danach nicht mehr nur in der Klasse, sondern nun auch noch im Jugendorchester.

Und das war mir dann doch zu blöd.

Also habe ich damit aufgehört und doch stehe ich nun im Gemeinschaftszimmer und versuche, den Noten auf dem Blatt vor mir den richtigen Ton meiner Trompete zuzuordnen. Nicht immer gelingt mir das beim ersten Versuch. Oder beim zweiten, dritten, vierten. Aber es ist ja schließlich auch noch kein Virtuose vom Himmel gefallen. Mal sehen, wie lange das meine Nerven oder die meiner Familie und Nachbarn noch aushalten. Dem Kapellmeister bin ich jedenfalls noch viel zu schlecht – grottenschlecht hat er mein Spiel genannt.

Später laufe ich zu Regine. Sie wohnt schräg gegenüber und war für die drei Tage auf der Hauptschule meine Mitschülerin. Von ihr bekomme ich regelmäßig Liedtexte aus der Bravo, die ich mir – zum Englisch lernen - abschreibe und anschließend zu Zuzana schicke. Ich habe regen Briefkontakt mit ihr. Leider ist sie die Einzige aus meiner alten Schule, die noch Kontakt zu mir hält.

Abgesehen von meiner Klassenlehrerin.

Verdammt, erwischt!

Kurz vor Weihnachten lasse ich mich von meinem Mitschüler Rainer breitschlagen, meine Mathehausaufgaben abschreiben zu lassen. Normalerweise verweigere ich diesen Wunsch jedem, gebe aber dieses Mal in der Hoffnung nach, dass die Ablehnung innerhalb der Klasse dadurch abnehmen würde. Rainer wiederum lässt seinen Banknachbarn Manuel abschreiben.

Ein Fehler, wie wir bald darauf feststellen sollen.

Zu Beginn einer jeden Stunde kontrolliert Herr Hirschhauer nämlich die Hausaufgaben, sowohl auf Vollständigkeit als auch auf Richtigkeit. Dazu pickt er sich jeweils einen Schüler heraus und lässt die Aufgaben an der Tafel vorrechnen, während er dessen Heft kontrolliert. Schon oft hat er mich rausgepickt. Irgendwann hat er das aber aufgegeben, weil er mich nie drankriegen kann.

So auch an jenem Dienstag. Mit gestrengem Blick geht der Lehrer durch die Reihen und wirft einen Blick auf die Hefte. Auch auf meines. Als er in der ersten Reihe bei mir ankommt, brummt er fast vergnügt.

„Aha, haben wir mal wieder den anderen Rechenweg verwendet. Diese Gewohnheit ist schon ein blödes Ding, nicht wahr, Marek?"

Erst jetzt bemerke ich, dass ich tatsächlich „meinen" Rechenweg im Heft notiert habe und dieser sich nun auch in Rainers Heft wiederfinden würde. Ich rechne damit, dass nun Rainer an die Tafel gerufen und vor der gesamten Klasse bloßgestellt würde, da dem Lehrer das Abschreiben mit Sicherheit auffallen wird.

Zu meiner – und auch Rainers – Überraschung ruft Herrn Hirschhauer aber Manuel an die Tafel. Der Verzweiflung nahe steht dieser nun verunsichert an der Tafel und kann die Aufgaben nicht lösen, obwohl er sie fein säuberlich in seinem Heft aufgeschrieben hat.

„Woran liegt es, junger Freund?", fragt der Lehrer nach einer Weile.

Mit den Schultern zuckend steht Manuel noch immer vor unserer Klasse, die noch immer nicht ganz verstanden hat, was los ist. Auch mir dämmert es ganz langsam, obwohl Manuel in Mathe allgemein kein besonders guter Schüler ist. Aber dass nun auch Rainer nervös auf seinem Stuhl hin und her rutscht, macht mich stutzig.

So ein Mist, Manuel muss bei Rainer abgeschrieben haben. Das gibt massig Ärger! Ich werde nun ebenfalls leicht nervös. Abschreiben wird beim Schnauzbart immer sehr hart bestraft!

Herr Hirschhauer forscht nun Manuel an.

„Ich habe zwei Fragen an dich, junger Freund. Erstens: Für wie blöd hältst du mich? Und zweitens: Warum schreibst du ausgerechnet bei Marek ab?"

Manuel zuckt verzweifelt mit den Schultern und schaut sich hilfesuchend um.

„Ich habe nicht bei Marek abgeschrieben. Der lässt niemanden abschreiben. Und ich halte Sie nicht für blöd, Herr Hirschhauer."

Mehrere Sekunden schweigen sich beide an.

Dann fragt der Lehrer erneut.

„Hast du abgeschrieben – ja oder nein? Wenn ja, bekommst du noch eine Vier, weil du es wenigstens zugibst und versucht hast, die Aufgabe doch noch an der Tafel zu lösen. Wenn du bei deinem sturen Nein bleibst, bekommst du eben eine Sechs!"

Hilfesuchend schaut Manuel in die Runde, sogar zu mir. Irgendwie sieht er jetzt nicht mehr so fies aus, wie er es oft mir gegenüber ist. Aber auch ich kann nichts für meinen Mitschüler tun und Rainer will wohl nicht. Dabei muss ihm eigentlich klar sein, dass auch sein Abschreiben bereits entdeckt ist. Manuel bleibt dummerweise stur und beharrt darauf, nicht bei mir abgeschrieben zu haben, wofür er die versprochene Sechs kassiert.

Die Blicke, die er in meine Richtung schickt, lassen mich absolut nichts Gutes ahnen und sofort macht sich wieder so ein flaues Gefühl in meiner Magengrube breit.

„Rainer, magst du vor an die Tafel kommen und uns deine Lösung zeigen?", wendet sich Herr Hirschhauer nun an den in sich zusammengesunkenen Schüler, der sonst oft eine große Klappe hat.

„Ich denke, wir können uns das sparen. Habe bei Marek abgeschrieben", gibt er schließlich kleinlaut zu.

Sichtlich verärgert erhebt sich der alte Lehrer und knallt das Klassenbuch auf sein Pult. Dann löscht er die Tafel - offensichtlich aber nur eine Maßnahme, um nicht vor der Klasse auszurasten.

„Wenn ihr schon abschreibt, dann bitte nicht so deutlich erkennbar. Verdammte Saubande! Kruzifix, sakramentgott-dammich-noch-a-mal!", wendet er sich mit hochrotem Kopf schließlich doch an die gesamte Klasse.

Kopfschüttelnd spricht er weiter.

„Ich hoffe, es ist euch eine Lehre - sowohl euch beiden als auch dir, Marek. Ich bin enttäuscht."

Wir nicken nur stumm.

„Schlagt nun Seite 23 im Buch auf!"

In der Pause darf ich mir wie erwartet einiges anhören. Meine geplante Flucht auf die Toilette wird verhindert. Nicht nur Rainer und Manuel sind von den soeben kassierten Zensuren wenig begeistert. Auch die anderen Mitschüler finden es „voll daneben", dass ich – ihrer Meinung nach natürlich mit voller Absicht - den falschen Rechenweg verwendet habe, damit der Lehrer allen Abschreibern so bequem auf die Schliche kommt.

Scheiße, wie die plötzlich alle zusammenhalten.

„Du läufst mir heute besser nicht allein über den Weg!", droht schließlich einer von ihnen.

Um ihnen keine Genugtuung zu verschaffen, schlucke ich wie üblich die Frustration hinunter und schwöre mir erneut, nie wieder abschreiben zu lassen.

Als ich später über den Parkplatz zum Bus gehe, spüre ich plötzlich einen brennenden Schmerz am Oberschenkel. Erst kann ich nicht feststellen, was der Grund dafür ist. An fünf Stellen brennt es trotz langer Hose. Dann spüre ich den Einschlag der kleinen harten Plastikkugeln. Weitere vier Mal treffen mich die Geschosse aus dem Hinterhalt.

Da ich aber nicht mit Unterstützung seitens der Lehrer rechnen kann, behalte ich den Angriff für mich. Das Verhältnis zu meinen Mitschülern hätte sich dadurch sowieso nur noch mehr verschlechtert.

Toiletten... - was?

Tonda ist seit Oktober nun auch endlich vierzehn und hat einen Job als Zeitungsjunge angenommen, um sein Taschengeld etwas aufzubessern.

Einmal wöchentlich fährt er in der gesamten Gemeinde die Wochenzeitung aus. Er bittet mich, ihn dabei zu unterstützen, weil er die Tour oft nicht in der von ihm geplanten Zeit oder vor Eintritt der Dunkelheit schaffen würde. Dafür sei er auch bereit, den Verdienst mit mir - seinem großen Bruder - zu teilen. Also ziehen wir mit jeweils der Hälfte der Zeitungen los, um diese dann mit unserem Fahrrad zuzustellen.

In der Schule herrscht nicht nur durch die Jahreszeit Eiseskälte – meine Klasse lässt mich ständig spüren, dass sie noch immer nicht viel von mir halten. Als ob sie das jemals getan haben. Immer wieder provozieren sie mich mit ihren Sticheleien und Ausgrenzungen. Ich versuche, sie so gut wie möglich zu ignorieren.

Klappt leider nicht immer.

Meine Freundschaft mit Anton hilft mir ein wenig darüber hinweg. Wenn ich in die Augen meines Freundes sehe, vergesse ich sowieso alles andere um mich herum. Wie üblich haben wir uns in der Pause getroffen und reden angeregt miteinander.

Zu meinem anstehenden 15. Geburtstag im Februar will ich Anton einladen, habe aber Angst vor einer Ablehnung. Und so taste ich mich vorsichtig an die Einladung heran. Wie würde Anton reagieren? Vermutlich nicht so, wie ich es mir in meinen Träumen ausmale. Darin liegen wir oft gemeinsam auf einer Wiese oder dem Sofa und kuscheln miteinander. Andere Dinge aus den Träumen will ich nicht wahrhaben. Aber gegen Kuscheln mit einem sehr guten Freund kann man doch nichts sagen.

„Schaut mal, unsere zwei Schwuchteln!", tönt es eine Woche vor meinem Geburtstag.

Hinter uns stehen zwei Mitschüler aus Antons Klasse in Begleitung von Manuel. Er redet seit dem Vorfall in Mathe meist gar nicht oder nur sehr abfällig mit mir. Bislang war das für mich auch in Ordnung.

„Na, macht ihr wieder ein Ficktreffen aus?"

„Bitte was?!", raunt Anton überrascht zurück.

Lachend schubst mich einer der feigen Angreifer mit Schwung an die nahe Wand. Die Luft entweicht aus meinen Lungen und der Rücken schmerzt.

„Wovon redet ihr da?

„Oh, tu doch nicht so unschuldig. Wir wissen genau, was ihr auf der Schultoilette treibt", erwidert einer der Jungen aus Antons Klasse.

Fragend schauen wir uns an, wissen aber beide ehrlich nicht, wovon die Rede sein soll.

„Seid ihr Schwanzlutscher dumm oder tut ihr nur so?! Sucht euch gefälligst einen anderen Ort für euren Schweinskram. Wer von euch beiden hält eigentlich wem den Hintern hin? Oder macht ihr's beide?"

Mit diesen Worten schlägt mir Manuel mit voller Wucht in die Magengrube. Dann laufen sie laut lachend davon. Im Weggehen dreht sich Manuel noch einmal zu uns um und deutet mit seiner Hand eine Pistole an, die er auf uns beide abfeuert.

Anton stützt mich. Ist auch zwingend nötig, da ich mich noch immer vor Schmerzen krümme. Die Tränen stehen mir in den Augen. Mit solchen Anschuldigungen hätte ich nicht jetzt gerechnet.

„Was sollte das denn?", fragt Anton.

Nur mit Mühe kann ich mich beruhigen, aber wenigstens bekomme ich endlich wieder etwas Luft.

„Ich weiß es nicht. Denke, die können es nicht ertragen, dass wir miteinander befreundet sind."

„Und was sollen wir auf der Toilette machen?"

Ich schaue Anton tief in seine traurigen, blauen Gebirgsseeaugen und seufze.

„Die denken, wir haben Sex auf der Toilette."

Anton schlägt mit der linken Faust gegen die Wand und flüstert etwas, dass ich nicht verstehe.

„Sex … auf der Toilette? Hier … wir … aber … was soll das denn heißen?"

Dann treten auch ihm die Tränen in die Augen.

„Der Sex muss ja echt mies sein, wenn wir uns nicht mehr daran erinnern können."

Ich versuche die Stimmung etwas aufzuheitern. Anton soll nicht merken, wie besorgt ich wirklich bin. Tatsächlich muss auch Anton etwas grinsen.

„Ich denke, wir sollten wissen, wenn es so wäre."

Anton muss ja nicht unbedingt wissen, dass ich gern mehr als nur Schokomilch im Pausenhof trinken von ihm haben möchte. Ich glaube, er wäre dafür nicht bereit.

Bin ich es denn überhaupt?

Ist Manuel hinter mein Geheimnis gekommen oder ist es nur seine Rache für die verkorkste Zensur? Warum kann ich nicht einfach „normal" sein, wie die anderen auch? Dann wäre ich weniger angreifbar.

In den nächsten Tagen gehen wir wieder etwas auf Distanz, was allerdings zu noch mehr Gekeife und Gerüchten führt. Während der Unterrichtspausen muss ich oft im Vorbeigehen Sticheleien wie „unsere Schwuchteln haben wohl Ehekrach" und andere verletzende Bemerkungen über mich ergehen lassen.

Es wird immer unerträglicher!

Im Gespräch mit Anton finde ich heraus, dass es auch ihm nicht viel anders geht. Für unsere Freundschaft ist das eine weitere unnötige Zerreißprobe. Erstmals denke auch ich ernsthaft über eine Beendigung nach, auch wenn es mir sehr schwer fallen würde. Noch immer vermisse ich Anton in jedem Moment, den wir nicht gemeinsam verbringen können.

Oh je, ich bin wohl tatsächlich verliebt!

Zahnabdrücke

Um mich vom ganzen Stress in der Schule etwas abzulenken, verkrieche ich mich zu Hause in meine Bücher. Wieder einmal kommen mehrere Seiten zu meinem Manuskript hinzu. Wenn ich nicht gerade lerne oder schreibe, treffe ich mich mit Hannes und Jessica oder helfe meinem Bruder beim Ausfahren der Zeitungen.

Wenige Wochen später gibt es beim Zeitungsjob einen kleinen Zwischenfall. Einige der Briefkästen sind nicht an den Zäunen angebracht, sondern hängen neben den Eingangstüren. Dann muss ich durch die Vorgärten oder wie in diesem Fall über den Hof. Gerade als ich die Zeitung in den Briefkasten geworfen habe, kommt der Hund des Grundstücksbesitzers kläffend auf mich zugesprungen. Ein paar Meter entfernt sehe ich den Besitzer stehen, der das Verhalten seines Hundes beobachtet. Also mache ich mir keine großen Gedanken darum. Und eigentlich habe ich keine Angst vor Hunden und diesen kenne ich schon aus den vorausgegangenen Wochen. Bisher war er immer ganz zutraulich und hat nicht einmal gebellt.

Doch dieses Mal ist irgendetwas anders. Der Hund springt mich trotz der Rufe seines Besitzers von hinten an und beißt in meinen Oberschenkel – nicht sehr tief, weil ich unter meiner dicken Thermohose noch eine lange Unterhose trage, aber doch schmerzhaft genug. Er will nicht locker lassen und beißt immer wieder zu.

„Lass los, du Drecksvieh!"

Glücklicherweise kommt der Besitzer sofort dazu und zerrt den Hund von mir weg. Er bietet mir seine Hilfe an. Zunächst sperrt er seinen Vierbeiner weg. Der ist noch immer ganz aufgebracht. Gemeinsam kühlen wir anschließend die Wunde, während er mir zu erklären versucht, warum sich sein Hund so verhalten hat.

„Das macht er sonst nie."

Ach so, er hat mich also nur mit seinem Spielzeug verwechselt. Dann bringt er mich in den Nachbarort zum Arzt. Die Verletzungen sind zum Glück tatsächlich nur oberflächlich. Man kann die Zahnabrücke des Hundes dennoch deutlich erkennen. Es schmerzt und die gute Hose ist auch hinüber. Immerhin bleibt mir die schmerzhafte Tollwutimpfung erspart. Der Schrecken jedoch sitzt tief.

Wie wohl Vati darauf reagiert?

Nachdem mich der Mann wieder zurückgefahren und mir noch mindestens dreimal vergewissert hat, dass sein Hund sowas noch nie getan habe, fahre ich meine Tour noch fertig. Die Zeitungen müssen schließlich ausgetragen werden. Gegen Ende sind die Schmerzen kaum noch auszuhalten. Ich habe das Gefühl, dass mein Schenkel anfängt innerlich zu brennen. Dabei weiß ich doch ganz genau, dass die Wunde sich nicht entzünden wird, da sie ja nur oberflächlich ist. Was Angst in einem alles anrichten kann.

Seitdem kriege ich bei Hunden immer Angstzustände. Tolle Leistung, du dummer Köter!

Eine Woche später fahren wir alle nach Leipzig. Wir verbringen das lange Wochenende bei Vatis Bruder. Onkel Walter feiert Geburtstag und wie üblich kommt die ganze Familie zusammen. Ich freue mich, meine beiden Cousinen wieder zu sehen und ein paar Tage aus Kotzenhof heraus zu kommen. Auch Opa Karl und seine zweite Frau Gerlinde werden da sein. Vielleicht sogar Onkel Heinz, der allerdings nur noch selten in Deutschland weilt.

Wir fahren direkt nach der Schule los - Mutti und Vati teilen sich die Fahrstrecke, während wir Kinder es uns hinten gemütlich machen. In Leipzig werden wir bereits von Onkel Walter, Tante Uschi und unseren Cousinen Sabine und Monika erwartet. Sie haben eine große Altbauwohnung im Erdgeschoss eines vierstöckigen Hauses, deren Schnitt durchaus besonders ist.

Dies liegt auch an der ungewöhnlichen Form des Hauses mit Innenhof. Er wird nahezu vollständig durch das Haus umschlossen. Somit zieht sich der Flur wie eine Schlange durch die gesamte Wohnung. Gleich neben der schweren Eingangstür ist eine Toilette, danach folgen auf der linken Seite Küche und Bad. Auf der anderen Seite sind Gäste- oder Esszimmer und das Wohnzimmer. Um zu den hinteren Zimmern zu gelangen, muss man zunächst durch das Badezimmer. Dahinter befinden sich dann die Zimmer der Mädchen und das elterliche Schlafzimmer.

Tonda und ich schlafen auf Matratzen im Gästezimmer gleich rechts neben dem Eingang. Eine hölzerne Schiebetür trennt uns vom Wohnzimmer und damit unseren Eltern. Sie beziehen das große Schlafsofa. Doch zunächst stärken wir uns alle mit dem vorbereiteten Abendbrot. Gelegenheit, sich gegenseitig auf den aktuellen Stand zu bringen und über allerlei Sachen zu diskutieren.

Andere würden es auch schimpfen nennen.

Am nächsten Morgen zeigt Sabine ein paar CDs einer mir bis dahin völlig unbekannten Musikgruppe. Sie kommt nicht aus dem Schwärmen über die tolle Musik und die noch tolleren Jungs der Musikerfamilie. Zugegeben die Musik ist schon mal nicht schlecht. Die Jungs allerdings wirken durch ihre langen Haare beinahe ein bisschen wie Mädchen – wären da nicht ihre maskulinen Gesichter.

„Du musst nachher unbedingt mit zu ihrem Konzert auf den Burgplatz kommen!"

„Darf ich das nicht selbst entscheiden?"

Sie grinst: „Nö!"

Also zerrt sie Tonda, Mutti, Tante Uschi, Moni und mich eine Stunde später zum Burgplatz. Es ist ganz schön frisch geworden und wir müssen uns gut einpacken. Direkt neben der Kirche hat der Doppelstockbus der Band geparkt, davor sind einige Bühnenelemente aufgebaut. Ungefähr hundert Menschen haben sich bereits versammelt, um den Auftritt zu erleben.

„Wehe, die sind live nicht gut", warne ich Sabine.

„Wart doch einfach ab."

Wir müssen nicht lange warten und das Konzert beginnt. Ein Junge mit braunen Haaren, die ihm bis zu seinem in einer engen, schwarzen Lederhose eingepackten Hintern reichen, eröffnet die Darbietung. Bald schon stehen alle neun Bandmitglieder auf der Bühne.

Die Lieder sind eingängig, manches gecovert. Schon nach kurzer Zeit trällern die meisten Gäste mit. Gut, wenn der Refrain x-mal wiederholt wird, prägt er sich schon irgendwann ein. Die Stimmung ist mit einem Volksfest vergleichbar. Alle sind ausgelassen. Nur Tonda ist sichtlich genervt und zieht wieder ab – wollte er doch sowieso nicht mit. Nach einer guten halben Stunde verabschieden sich auch die anderen Frauen, so dass Sabine und ich nun allein auf dem Konzert sind. Wenn man mal von den noch immer knapp hundert anderen Zuschauern absieht, die wie wir kräftig mitfeiern. Ich bin froh, dass ich dicke Socken und eine Thermojeans trage.

Nach fast zwei Stunden und vier Zugaben ist das Event leider dann doch vorbei und wir treten den Rückweg an. Es nieselt ganz leicht. Aber das macht uns nichts aus – zu schön war der Nachmittag. Sogar den ganzen Stress in der Schule hat er mich vergessen lassen.

„Danke, dass ich mitkommen durfte."

„Du hattest eh keine Wahl", grinst meine Cousine.

„Trotzdem. Danke."

„Gern geschehen."

Sie legt ihren Arm um mich und wir laufen so weiter die Straßen entlang. Dann erblickt sie ein paar Mädchen, die zielstrebig auf uns zukommen.

Sabine fleht mich an: „Spiel bitte mit."

Ich weiß zwar nicht, um was es geht, aber nicke zustimmend. Die Mädchen sind nun schon bis auf wenige Meter heran. Sie sehen nicht so aus, als würden sie etwas Gutes im Schilde führen.

Und ich soll Recht behalten.

„Wen haben wir denn da?!"

Die Anführerin, ein kräftiges Mädchen mit rotbraunen Haaren, zerrt an der Jacke meiner Cousine.

„Sara, kannst du mich nicht mal in Ruhe lassen?"

„Warum sollte ich? Du schuldest mir noch Geld."

„Nein, ich habe alles bezahlt."

Ich verstehe noch immer nicht, um was geht, kann es mir aber grob denken. Um abzulenken, räuspere ich mich gut hörbar. Die Aufmerksamkeit der Mädchen-Clique richtet sich nun auf mich.

„Und … wer bist du?"

„Marek."

„Marek und weiter?"

„Das ist mein Freund. Er ist aus dem Westen und kann ziemlich gut Karate", erklärt Sabine.

Ist die bescheuert?! Karate – ich? Oh mein Gott!

Ich werde abfällig von oben bis unten gemustert. Gut, dass ich meine zweitbesten Klamotten angezogen habe. Sonst hätten sie den Schwindel vielleicht durchschaut.

„Soso, aus dem Westen. Woher denn genau?"

„Bayern. Mittelfranken um genau zu sein."

„Aha. Und die Schlampe da ist deine Freundin?"

„Ja, Sabine ist meine Freundin."

Meine Hände schwitzen und ich hoffe, dass die Mädels schnell das Interesse an uns verlieren.

„Wo kommt ihr jetzt her?"

„Vom Burgplatz … da war ein Konzert", erwidere ich.

„Ihr wart bei diesen Assi-Schwuchtels?!"

Eines der anderen Mädchen mischt sich ein. Sie gesteht, dass die Musik ja gar nicht so mies sei und sie eigentlich auch auf das Konzert wollte. Aber sie ziehe nun lieber mit Sara um die Häuser. Dafür erntet sie von Sara und den drei anderen Mädels nur verächtliche Blicke.

„Na gut, heute hast du nochmal Glück."

Sara gibt sich großzügig, spielt sich auf wie eine Diva. Vermutlich glaubt sie wirklich dass ihr die Straße gehört.

„Du kannst passieren … mit deinem Freund Marek … aus Mittelfranken … ausnahmsweise. Aber am Montag krieg ich von dir 'nen Zehner!"

Sie verpassen uns noch einen unsanften Stoß und ziehen schließlich ab. Sabine umarmt mich fest.

„Danke."

„Gern geschehen."

Daheim erwähnen wir den Vorfall gar nicht erst. Hätte vermutlich eh nur zu jeder Menge Fragen geführt. Außerdem ist jeder mit sich und den letzten Vorbereitungen für die morgige Geburtstagsfeier beschäftigt.

Am nächsten Morgen ist es dann soweit: Onkel Walter wird vierzig. Bereits zum Frühstück wird mit Sekt angestoßen, wir Kinder bekommen Kaba. Der Vormittag verläuft hektisch. Die Bettsachen meiner Eltern werden aus dem Wohnzimmer geräumt, der große Tisch ausgezogen und festlich gedeckt. Für das Mittagessen haben sich Opa Karl und Gerlinde angekündigt, Onkel Heinz soll erst zum Kaffee kommen. Im Gästezimmer spielen Tonda und Moni mit einer Autorennbahn, während Sabine und ich uns über das Konzert unterhalten und Musik hören.

Für das Mahl haben Tante Uschi und Mutti leckeren gemischten Braten mit Böhmischen Knödeln und Rotkraut gezaubert. In der gesamten Wohnung duftet es wunderbar. Zum Nachtisch gibt es noch warmen, selbstgebackenen Apfelkuchen mit Schlagsahne. Gerlinde, die zweite Frau meines Opas hat außerdem Quittenkompott mitgebracht. Ich verstehe nicht, wie manche Leute so etwas mögen können. Opa zuliebe probiere ich es zumindest –

und an den Gesichtern der anderen kann ich sehen, dass sie es auch nicht unbedingt mögen.

Zum Nachmittagskuchen taucht dann tatsächlich Onkel Heinz auf. Er ist ständig in Aller Herren Länder unterwegs, um dort für eine große Firma Wartungen vorzunehmen. Dabei kommt er ganz schön rum. Allerdings ging dadurch auch seine Ehe in die Brüche – seinen mittlerweile erwachsenen Sohn sieht er kaum noch.

Es gibt wieder vom leckeren Apfelkuchen, aber auch Donauwelle und Baumkuchen. Dazu Kaffee für die Großen und Kaba für uns Kinder.

„Lasst uns anstoßen", ruft Uschi und bringt Gläser.

Jeder bekommt ein Gläschen Sekt in die Hand gedrückt, sogar wir Kinder. Ich lehne ab.

„Ich will keinen Alkohol."

Walter sieht mich wütend an: „Du willst also nicht auf mich anstoßen?"

„Doch, aber nicht mit Alkohol. Ich trinke keinen!"

„Du wirst doch wohl mal mit Sekt anstoßen können", mischt sich nun auch Vati ein.

„Nein. Ich trinke keinen!"

Ich stelle komplett um auf stur – ich werde keinen Alkohol trinken. Ende der Diskussion, denke ich.

Für Walter und Vati ist die Diskussion leider noch gar nicht erledigt, schließlich würden sich auch Tonda und die Mädchen nicht so anstellen wie ich.

Tante Uschi drückt mir mit einem Augenzwinkern ein volles Glas in die Hand. Ich will es schon wieder wegstellen, als ich den süßlichen Geruch wahrnehme. Es ist kein Sekt, sondern Zitronenlimo, die dem Augenschein nach dem Alkohol sehr nahe kommt.

„Also gut. Auf Onkel Walter – Prost!"

Ich schütte den Inhalt in mich hinein und stelle das Glas zurück auf den Tisch. Auch Sabine, Mutti und Uschi stellen ihre Gläser gleich dazu.

So lässt sich nicht mehr rausfinden, welches meines war. Onkel Walter ist noch immer stinkig.

„Man kann sich aber auch anstellen."

„Ich trinke keinen Alkohol und werde auch für dich nicht damit anfangen. Für niemanden!"

„Scheiß Sturkopf, dein Sohn."

„Ich weiß", antwortet Vati.

Den Rest der Feier verbringe ich im Nachbarzimmer. Die Musik der Band vom Burgplatz schallt durch den Raum. Sabine leistet mir Gesellschaft. Unsere jüngeren Geschwister liefern sich derweil ein Autorennen nach dem Anderen. Ich weiß nicht, was nerviger ist: Das Brummen der Autos oder die ständigen Wiederholungen einiger Songs.

Erst zum Abendessen kommen wir wieder raus. Es verläuft zum Glück recht ruhig. Nach einer weiteren Übernachtung verabschieden wir uns von unseren Verwandten und treten die Heimfahrt an.

Am Bahnhof schon die Blumen blüh'n

Wenig später lerne ich durch Tonda Mario kennen. Er ist in seinem Alter, schlank, sportlich, hat dunkle Haare, braune Augen und einen Teint, der nach immerwährender Sonnenbräune aussieht. Liegt aber vermutlich an seiner südländischen Mutter.

Ich muss gestehen er sieht verdammt gut aus. So muss der junge Adonis ausgesehen haben. Natürlich spreche ich diesen Gedanken nicht aus, sonst würde mein Geheimnis ja gleich gelüftet.

Obwohl ich mit Mario nicht viel gemeinsam habe, gebe ich mir Tonda zuliebe Mühe, mit ihm gut auszukommen. Und möglicherweise auch wegen seines tollen Aussehens. Vielleicht aber auch wegen der Dinge, die man sich im Ort hinter vorgehaltener Hand von ihm erzählt. So sei er schon mehr als einmal beim Onanieren mit anderen Jungen erwischt worden.

Nachdem ich ein paar Mal schon von ihm geträumt habe, ersinne ich einen Plan, wie Mario und ich uns näher kennenlernen können.

Ich schreibe nach einiger Überlegung einen anonymen Brief und bitte darin um ein Treffen am Tennisplatz. Um es mysteriöser wirken zu lassen, enthält der Brief auch ein Codewort, das Mario sagen muss, um sich mir gegenüber zu authentifizieren. Erst wenn „der andere Empfänger" mit dem entsprechenden Gegenstück antworte, sei auch dessen Identität bestätigt.

Damit ich kein Porto brauche, lege ich den geheimnisvollen Brief in die Wochenzeitung eingewickelt in seinen Briefkasten. Zugegeben, mit Sicherheit nicht die beste Idee, die je meinem Köpfchen entsprungen ist.

In den nächsten Tagen steigt die Nervosität. Wird er kommen? Wird er auf die „Forderungen" eingehen? Oder macht er einen Rückzieher – oder doch ich?

Tatsächlich kommt Mario zum vereinbarten Zeitpunkt zum Sportplatz. Ich kann vom Waldrand aus deutlich sehen, wie er dort auf mich wartet. Aber er hat im Vorfeld schon heimlich einen Teil seiner Freunde rings um den Tennisplatz versteckt. Sie beobachten, wer zum Platz kommt und wieder geht. Und sie beobachten auch mich, als ich mit dem Rad angefahren komme.

„Hi, Mario."

„Hey, Marek. Wie geht's?"

„Ganz gut und selbst?"

„Gut. Ich warte nur auf jemanden."

„Ah, okay."

Die Beobachter habe ich bereits vorher entdeckt und tue jetzt so, als wäre ich nur zufällig hier. Ich trage Tonda und mich für ein Spiel auf dem Platz ein. Denn das hatte ich sowieso vor. Mario wirkt nervös.

„Am Bahnhof schon die Blumen blüh'n."

Oh Mist, Mario sagt das Codewort. Ich müsste jetzt mit „Und die Täler werden grün" antworten. Doch ich traue mich nicht. Stattdessen starre ich diesen schönen Jungen mit fragendem Blick an.

„Was?"

„Am Bahnhof schon die Blumen blüh'n."

„Welchem Bahnhof?"

„Ach egal, vergiss es!"

Ich bin erleichtert, dass er nicht weiter drauf eingeht, verabschiede mich und fahre wieder davon. Doch der Korb auf dem Gepäckträger meines Fahrrads hat mich schon längst als Absender des Briefes verraten.

Zwei Tage später komme ich mit Vati und Tonda gerade vom Schwimmen zurück. Mutti steht in Tränen aufgelöst in der Haustür und zehrt mich ohne Erklärung zum

Auto zurück. Dann fahren wir zu Marios Familie. Dort werden wir bereits ungeduldig erwartet.

Die Eltern haben nach der Rückkehr ihres Sohnes vom Tennisplatz die Herausgabe des Briefes – oder vielmehr der einzelnen Schnipsel – verlangt und Mutti heute Morgen angerufen. Nun konfrontieren sich mich mit dem Inhalt meines Schreibens. Gefühlsmäßig überfordert mich diese Situation völlig. Muttis Schluchzen erleichtert es mir nicht unbedingt. Marios Eltern machen mir bitterböse und ziemlich verletzende Vorhaltungen.

„Was glaubst du eigentlich, was du unserem armen Jungen damit antust? Wie kommst du nur auf die Idee, dass Mario so abartig wie du sein könnte!"

„Aber …"

Ich bekomme zu hören, dass schon die Bibel den gleichgeschlechtlichen Kontakt verbiete und es eine große Sünde sei, so zu empfinden. Marios Mutter empfiehlt mit scharfer Stimme, man solle solche wie mich doch einfach wieder wegsperren! So wie damals …

Ob sie wissen, was man sich über Mario erzählt?

Erst nachdem ich mich gefühlte Tausend Mal entschuldige und ihnen verspreche, den Kontakt zu Mario einzustellen, lassen sie mich wieder laufen. Nicht ohne jedoch noch einmal zu betonen, wie krank ich sei.

„Halte dich von unserem Kind fern!"

Als ich das Haus verlasse, kann ich den Knaben im Fenster sehen. Vielleicht bilde ich es mir nur ein, aber es scheint, als würde Mario ein „Tut mir leid!" mit den Lippen formen. Sein Gesicht sieht zumindest ziemlich verheult aus. Doch schon kurz drauf lässt er die Gardine zurückfallen und ist verschwunden.

Wovon träumst du?

Für Mutti ist der Vorfall damit noch nicht abgeschlossen. Obwohl sie mit Vati drüber geredet hat, versucht keiner der beiden, die Hintergründe dafür zu erforschen. Ich jedoch nehme mir das Gesagte sehr zu Herzen, bestätigt es doch auch meine eigenen Überlegungen der letzten Jahre. Seitdem das Ding zwischen meinen Beinen seinen eigenen Willen hat, sind diese bösen, diese schlechten Gedanken da. Wenn es nun auch andere sagen, muss es doch stimmen. Und dann sind da noch meine blöden Gefühle für Anton. Warum ich?!

Kaum bin ich wieder in meinem Zimmer angekommen, werfe ich mich schluchzend aufs Bett. Fast zwei Stunden liege ich so da. Einige Male kann ich mich kurz beruhigen, bevor ich erneut zu weinen beginne. Zeitweise weine ich so heftig, dass ich am ganzen Körper zittere. Unbemerkt von meiner Familie beginne ich abermals, mich mit meinem Taschenmesser zu ritzen.

Um ihrem armen kranken Sohn zu helfen, schleppt mich Mutti kurz darauf zu einem Kinderpsychologen. Der freundlich wirkende Mann Mitte vierzig mit Hornbrille kommt forschen Schrittes auf mich zu.

„Hallo junger Marek, setz dich doch bitte."

Habe ich denn überhaupt eine andere Wahl? Mutti sitzt auf einen Sessel etwas im Hintergrund, ein frisches Taschentuch griffbereit in der Hand.

„Deine Mama hat mir am Telefon kurz geschildert, was vorgefallen ist", beginnt der Psychologe.

Seine Stimme klingt weich und einfühlsam. In seiner Hand hält er einen Füller, mit dem er sich kleine Notizen macht. Dabei habe ich noch gar nichts gesagt.

„Magst du uns nicht etwas dazu sagen?"

Ich überlege kurz, will Zeit zum Nachdenken schinden.

„Was genau meinen Sie?"

„Nun, sicher hast du schon einige Veränderungen an deinem Körper wahrgenommen und entwickelst gewisse Fantasien und Wünsche."

Ja, könnte man so sagen. Ich bin gewachsen und die ersten Barthaare sprießen. Aber ich befürchte, dass er darüber nicht reden möchte. Nicht nur.

„Und dann war ja die Situation neulich mit dem anderen Jungen – dem Brief. Wenn du abends im Bett liegst, woran denkst du da?"

„Bitte was?!"

Ich bin durchaus etwas schockiert!

Der Psychologe bleibt ruhig, macht sich Notizen auf seinem Block. Dann sieht er mich wieder an.

„Du masturbierst doch bestimmt … jeder Junge tut das … das ist ganz normal … woran denkst du dabei, Marek?"

Ernsthaft jetzt?! Da sitzt ein wildfremder Mann und ich soll mit ihm über meine Fantasien reden? Darüber rede ich doch nicht einmal mit Leuten, die ich schon lange kenne! Und jetzt soll ich hier auspacken?

„Und was hatte es mit dem Brief an diesen Jungen auf sich? Was stand darin? Lass uns darüber zuerst sprechen!"

Er scheint kurz zu überlegen oder zu warten.

„Du kannst mir alles erzählen."

Können vielleicht schon, aber von wollen kann keine Rede sein. Auch für andere – „normale" – 15-Jährige wäre die Vorstellung, über solche Dinge vor seiner Mutter und einem völlig Fremden zu reden, sicherlich der blanke Horror. Für mich ist es das auf jeden Fall!

Hilfesuchend und anklagend zugleich sehe ich Mutti an. Aber sie klammert sich nur an ihr feuchtes Taschentusch und ist mir keine sehr große Hilfe.

„Du kannst mir vertrauen, es bleibt unter uns."

„Können wir bitte gehen?", bettle ich.

Ohne die Antwort abzuwarten, stürme ich aus dem Raum. Sollen sie doch ruhig sauer auf mich sein, sollen sie mich für unheilbar krank halten. Aber meine Gefühle und Gedanken werde ich hier ganz sicher nicht offenbaren, mein Geheimnis nicht lüften!

Mutti folgt mir kurz darauf. Auf weitere Termine verzichtet sie zum Glück. Das Thema wird zu Hause nicht weiter diskutiert. Wie üblich wird einfach drüber geschwiegen – vor allem Vati sagt nichts dazu. So deutlich wie jetzt, konnte ich seine kalte Schulter noch nie spüren.

Kann er mich nicht wenigstens schlagen?!

Frühlingsregen

Wie gern hätte ich meine Gedanken und Wünsche einem wahren Freund anvertraut. Aber was soll ich schon großartig sagen? Dass ich „anders" bin und mich selbst dafür schäme, so zu sein? Ich bin mir sicher, dass mich niemand verstehen würde. Warum soll ich überhaupt dazu stehen, wenn „ES" doch alle abartig finden? Mein Selbstvertrauen ist auf einem Tiefpunkt angelangt, Hilfe weit und breit nicht zu entdecken. Der Psychologe zählt in meinen Augen nicht wirklich.

Wie so oft sitze ich in meinem Zimmer, zusammengekauert und weine leise vor mich hin.

Vielleicht wäre es wirklich besser, wenn es mich nicht gäbe. Ich könnte weglaufen. Oder, …

Einige Male schon habe ich einen Rucksack mit dem Nötigsten gepackt oder einen Abschiedsbrief begonnen. Er steht fertig gepackt im Geheimversteck, gleich neben dem Manuskript. Oft genug habe ich mir in den letzten Monaten vor lauter Verzweiflung schmerzhafte Schnitte zugefügt. Damit sie nicht auffallen, schneide ich nie an den Armen, sondern immer in den Kniekehlen und lasse es so aussehen, als hätte ich mich nur aufgekratzt. Aber es fällt ja sowieso keinem auf. Ist's noch nie.

Zum Glück verlässt mich jedes Mal der Mut, das Vorhaben endgültig in die Tat umzusetzen. Und so packe ich auch jetzt die blutige Klinge wieder weg und beseitige alle verräterischen Spuren.

Mitten in der Nacht schleiche ich mich aus dem Haus, schnappe mein Rad und fahre los. Wohin, habe ich mir vorher nicht überlegt. Zu Hannes kann ich nicht, er und seine Familie schlafen mit Sicherheit fest.

Auch Anton ist außer Reichweite. Bei Dunkelheit würde ich den Weg ohnehin nicht finden. Und was soll ich ihnen sagen? Weswegen ich von zu Hause weggefahren bin? Ach ja, Hannes, Anton – ich bin ein perverses Schwein, ich liebe Jungen mehr als Mädchen.

Das kann ich einfach nicht!

Dabei sollte doch hier in Mittelfranken alles endlich so viel besser werden. Pustekuchen!

So irre ich ziellos durch die Gegend. Wie in meinem richtigen Leben komme ich auch jetzt nirgends an. Also lege ich mich erschöpft mitten im Wald auf eine kleine Lichtung und starre in die Sterne. Nur wenige sind in der Nacht zu sehen, zu viele Wolken verhängen die Sicht. Aber das bemerke ich eh nicht, bin ich doch viel zu sehr mit meinen Emotionen beschäftigt.

Meine Gedanken sind bei Anton, bei Hannes, aber auch bei Mario, Lukas und anderen Jungen, die ich meist nur vom Sehen kenne. Im Kopf herrscht ein heilloses Chaos und auch jetzt fühle ich mich nicht spürbar besser. Sogar das Weinen hilft dieses Mal nicht.

Bald beginnt es zu regnen und da ich nur ein T-Shirt und eine kurze Hose trage, bin ich schnell bis auf die Haut durchgeweicht. Widerwillig fahre ich wieder nach Hause. Für eine Flucht bin ich zu schlecht vorbereitet.

Was kann ich eigentlich?

Triefend nass sitze ich in meinem Zimmer und beginne wieder unkontrolliert zu weinen. Nachdem ich mich einigermaßen beruhigt habe, ziehe ich mich aus und lege sich ins Bett. Richtig schlafen kann ich allerdings nicht.

Am nächsten Morgen setze ich mich in den Wandschrank. Hier sitze ich meist, wenn ich schreibe und dabei nicht gestört werden will. Ich hole meinen Ordner aus dem Geheimversteck hervor und schreibe ein Gedicht, dessen Zeilen mir schon eine ganze Weile im Kopf herumschwirren. Im Moment sind sie klar, wie nie.

Bittersüße Einsamkeit

In meinen Gliedern steckt die Nacht,
bin wieder schweißnass aufgewacht.
Hab auch heut' nur Mist geträumt
und dadurch guten Schlaf versäumt.

Irre durch die dunklen Gassen,
meine durch den Regen nassen
Kleider engen mich grad richtig ein.
Weiß nicht aus und weiß nicht ein.

Muss grad voll oft an ihn denken
kann leider meine G'fühl nicht lenken
wär' gern bei ihm und würd ihn küssen
doch werd' ich ihn wohl missen müssen

So kann es doch nicht weiter geh'n,
will Licht am End' des Tunnels seh'n
will glauben an ein bisschen Glück
ich geb' dann auch davon zurück.

Mein kleiner Traum von Zärtlichkeit
Liebe und Geborgenheit
wird mir verwehrt, erfüllt sich nich';
die Tränen fließen bitterlich.

So bleib ich bis in alle Ewigkeit
allein in bittersüßer Einsamkeit.

Zukunftspläne

Etwas Ablenkung erhalte ich Tage später durch das Schreiben von Bewerbungen. Will ich ohne vorhandene Beziehungen und mit meinen noch immer nicht berauschenden Leistungen eine gute Ausbildungsstelle finden, muss ich bereits jetzt tätig werden.

Meinen Wunsch aus Kindheitstagen, Lehrer zu werden, gebe ich allerdings endgültig auf. „Jemand" wie ich kann doch kein Lehrer sein! Momentanes Ziel ist es, Bankkaufmann zu werden, wofür auch meine guten Noten in Mathe und Rechnungswesen sprechen.

In den Osterferien habe ich eine Schnupperlehre in einer Volksbank absolviert. Das nächste Praktikum wird dann in den Pfingstferien sein.

In der Schule haben sie uns beigebracht, wie Bewerbungsschreiben aufgebaut sind. Um möglichst erfolgreich zu sein, verschicke ich gleich 25 Bewerbungen an verschiedene Firmen – unter anderem auch Banken - in der gesamten Umgebung, fast dem gesamten Landkreis.

Anton sehe ich dagegen nur noch selten. Wir haben beschlossen, etwas auf Abstand zu gehen, bis sich die Wogen geglättet haben. Glücklicherweise haben unsere Mitschüler bald das Interesse an uns verloren.

Von ihm getrennt zu sein, fällt mir aber dennoch schwer. Ich vermisse seine stahlblauen Augen, das verschmitzte Lächeln, die süße Haarsträhne, die ihm immer wieder ins Gesicht fällt und sogar seine mittlerweile häufiger schwankende Stimme. So süß, wenn sie sich überschlägt. Aber nicht einmal ihm kann ich meine wahren Gefühle offenbaren. Ich bin mir sicher, dass ich Anton dadurch verlieren würde.

Nach der Schule verkrieche ich mich nun viel häufiger hinter meinen Büchern. Zu groß ist meine Angst vor den Reaktionen anderer Kinder aus dem Ort. Ich befürchte, dass sich das mit Mario schon längst herumgesprochen hat. Doch auch alles Lernen hilft leider nicht, den Kopf wieder frei zu bekommen.

Tonda schleppt mich mit zum Sportplatz, wo schon einige Kinder auf uns warten. Wir kicken in drei Viererteams gegeneinander, bis die ersten nach Hause gehen müssen. Nun sind nur noch Pascal, Jürgen und Stefan mit uns auf dem Platz. Während Tonda und Jürgen am anderen Ende des Spielfeldes um den Ball balgen, nutze ich sein Taschenmesser, um an einem Ast zu schnitzen.

Wenige Meter entfernt sitzen die beiden anderen. Sie tuscheln und vermutlich hecken sie schon wieder etwas Fieses gegen mich aus. Beide sind für ihre Streiche bekannt und ich bin ein willkommenes Opfer.

„Hey Marek, gib mal das Messer", bittet Pascal.

In seiner Hand hält er einen Baseballschläger. Am vorderen Ende sind einige abstehende Holzsplitter zu sehen.

„Geht nicht."

„Komm schon, gib mal her."

„Nein, geht nicht."

„Komm schon, Marek. Bekommst es gleich wieder."

Ich rufe quer über den Platz: „Tonda ..."

Pascal blickt hinüber zu meinem Bruder, dann wieder zu Stefan und mir. Er wirkt irgendwie nervös. Ich sehe vom Boden zu ihnen auf.

„Wir wissen von dir und Mario."

Na ganz toll!

Die beiden gehörten bestimmt zu den im Wald versteckten Beobachtern. Und nun bin ich quasi allein mit denen und sie haben einen Baseballschläger. Bis Tonda hier wäre – so er mich überhaupt verteidigen würde – wäre ich schon zu Brei geschlagen.

„Hattest ganz schön Arsch in der Hose, das auf die Weise durchzuziehen", lobt Pascal.

Okay, das kommt unerwartet.

„Bist doch eigentlich voll das Weichei", sagt Stefan.

„Komm schon. Leih uns das Messer. Wir sind dann auch etwas netter zu dir."

„Aber es nicht meins. Es ist Tondas Messer. Ich kann's euch nicht einfach geben."

Stefan schreit über den Platz: „Hey Tonda, sag mal deinem Sack von Bruder, er soll uns dein Messer geben."

„Sagt's ihm doch selbst!"

So sieht also „netter sein" aus. Fordernd streckt Pascal die Hand aus und ich gebe ihm das Messer. Ich bin eh fertig und will nur noch nach Hause.

Vielleicht sind ja weitere Antworten auf die Bewerbungen da. Bislang kamen leider nur Absagen.

Pokerrunde mit Stich

Es ist ein lauer Frühsommernachmittag, als ich mich mit Hannes und noch fünf anderen Jungen aus dem Ort treffe. Hannes hat mich dazu überredet – er meint, ich bräuchte „Kontakt". Gemeinsam radeln wir erst etwas planlos durch die Gegend, bevor wir uns unter einer kleinen Gruppen Birken niederlassen.

„Lasst uns Strippoker spielen", schlägt Ralf - ein 14-jähriger mit lockigen braunen Haaren – plötzlich sehr enthusiastisch vor.

„Ja geil, ich find die Idee gut", ruft der 13-jährige Blondschopf Samuel, „hol schon mal kurz die Karten!"

Dann schwingt er sich auf sein Rad und verschwindet, bevor irgendjemand etwas sagen kann.

„Marek, du kannst doch Poker?", zwinkert Hannes.

Kopfschüttelnd schaue ich ihn hilfesuchend an, bin ich doch von der Idee wenig begeistert. Ich habe zwar keine Ahnung, was Poker ist, aber strippen habe ich schon einmal gehört. Was, wenn ich durch den Anblick der anderen Jungen einen Ständer bekäme? Würden sie dann nicht hinter mein Geheimnis kommen?

Andererseits will ich auch nicht als Angsthase dastehen, zumal alle anderen Jungen von der Idee sofort begeistert sind. Auch der sonst so schüchterne 13-jährige Jochen und der 14-jährige Florian haben dem Spiel zugestimmt. Da kann doch ich mit meinen fünfzehn Jahren nicht plötzlich einen Rückzieher machen.

Dass Großmaul Stephan mit seinen 14 Jahren mitmacht, versteht sich von selbst. Hannes erklärt allen die Regeln und legt besonderen Wert darauf, dass jedem klar ist, in welcher Reihenfolge die Kleidungsstücke abgelegt werden müssen. Ich erhalte eine Kurzeinweisung in die Pokerregeln, bin mir aber sicher, dass ich sie mir nicht alle sofort merken kann. Kleinere Rückfragen werden später hoffentlich erlaubt sein.

„Grüble bitte nicht so viel nach", zischt mich Hannes kaum hörbar von der Seite an, bevor er die Karten für die allererste Runde austeilt.

Nach einigen Runden sitzen Jochen und Samuel nur noch in Unterhose und Socken im Kreis, Hannes hat auch bereits seine Socken verloren. Ich habe bisher nur das T-Shirt ausziehen müssen, ebenso wie Ralf und Stephan. Lediglich Flo sitzt noch vollständig bekleidet da. Er hat bislang alle Runden gewonnen - oder zumindest nicht verloren. Kurz darauf verliert Hannes erneut und muss seine schwarze Satinunterhose abgeben.

Ohne Scham zieht er sie hinunter, als hätte sie ihn eh schon die ganze Zeit gestört. Dann setzt er sich mit verschränkten Beinen wieder in den Kreis. Ich schiele hinüber, kann aber nichts entdecken - zu gut verdecken Hannes' Beine was ich zu sehen hoffe.

Wenigstens ist es warm genug hier draußen. Fünf Runden später verliere ich erneut. Auch die anderen haben weitere Kleidungsstücke ausziehen müssen.

„Ich bin dann wohl draußen, hab nur noch die Unterhose an", bemerke ich.

„Dann wirst du sie wohl ausziehen müssen und nackt weiterspielen", kommandiert Stephan.

Die anderen nicken zustimmend.

„Aber", schreitet Hannes ein, „er darf ihn noch zuhalten, bis er noch einmal verliert!"

„Klar doch."

Entsetzt schaue ich in das grinsende Gesicht meines vermeintlichen Freundes. Was hat er nur vor? Doch brav folge ich den Regeln und versuche mein Bestes, mich so hinzusetzen, dass die anderen nichts sehen können. Kurz darauf verliert Ralf, auch er muss sich nun seiner blauen Boxershorts entledigen.

In der nächsten Runde kann ich eine Niederlage nur knapp abwenden - Stephan hat ein noch schlechteres Blatt und zieht nun ebenfalls blank. Er setzt sich allerdings breitbeinig zurück in die Runde.

Mir bleibt fast die Spucke weg!

„Na Jungs, gefällt euch, was ihr hier zu sehen bekommt?", fragt er in die Runde, während er noch einmal aufsteht, damit auch wirklich alle hinsehen können.

Ich bin nicht der einzige, der Blicke zu erhaschen versucht. Und nicht jeder versteckt seine offensichtlichen Blicke. Als Ralf die kommende Runde verliert und somit seine Deckung hätte aufgeben müssen, schlägt er sich plötzlich an die Brust und schreit vor Schmerzen.

Zunächst halten wir es für eine Ablenkung.

Stephan ruft: „Der will uns doch nur nicht sein olles, mickriges Ding zeigen!"

Dann sehen wir jedoch die Wespe, die noch zur Hälfte an Ralfs Brust hängt und durch den Schlag getötet wurde. Sie hat ihn aber schon gestochen und die Haut um die Einstichstelle schwillt bereits an. Schnell ziehen wir uns wieder an - die Lust ist selbst Stephan vergangen.

Hannes und ich schnappen Ralf und bringen ihn nach Hause. Seinen besorgten Eltern erzählen wir, dass wir mit freiem Oberkörper aus der Wiese gekickt hätten, als ihn die Wespe gestochen hat. Ralf ist ziemlich allergisch gegen Insektenstiche, so dass seine Eltern ihn nun zügig ins Krankenhaus fahren müssen.

„Eltern müssen nicht immer alles wissen", kichert Hannes auf dem Rückweg.

„Hoffentlich verrät er uns nicht. Bin ganz schön erschrocken, als er aufschrie."

„Du wolltest ihn auch nackt sehen, oder?"

„Ach, Quatsch!"

Ich kann deutlich spüren, wie mir die Schamesröte ins Gesicht schießt. Umso mehr hoffe ich, dass mir Hannes glauben würde. Der grinst belustig in sich hinein.

Abends liege ich im Bett und denke über die Ereignisse des heutigen Tages nach. Hannes hat Recht – ich wollte die anderen tatsächlich nackt sehen. Das Wenige, das ich gesehen habe, flimmert nun vor meinem inneren Auge wie ein Film vorbei, während ich meine Hände langsam an mir nach unten gleiten lasse.

Ich schäme mich nicht mehr ganz so sehr für meine Träume. Zu groß ist der Spaß, den ich dadurch erfahre. Und solange niemand davon weiß …

Pflaumenkuchen und Kakao

„Hey Marek, kannst du mir helfen?"

Völlig aus den Gedanken gerissen schaue ich in das Gesicht meines Mitschülers Stefan.

„Hmm, was?"

„Du bist doch so gut in Mathe und Rechnungswesen. Könnten wir nicht zusammen lernen?"

Er bemüht sich sichtlich, möglichst freundlich zu mir zu sein. Offenbar fällt es ihm schwer, ausgerechnet mich um Nachhilfe zu bitten.

„Ich weiß nicht", gestehe ich ehrlich.

„Ach, komm schon! Sei kein Stinkstiefel. Ich brauche Hilfe und du bist der Beste!"

Stefans Worte klingen beinahe schon flehend. Ich denke kurz darüber nach und sehe mich im Klassenzimmer um. Niemand scheint unser Gespräch bemerkt zu haben. Vielleicht ist dies ja eine Chance, nach fast zwei Jahren doch ein vollwertiges Mitglied der Klasse zu werden.

„Ich denke darüber nach", verspreche ich ihm.

Er wirkt tatsächlich erleichtert und geht wieder zurück an seinen eigenen Platz.

Schon für die darauffolgende Woche machen wir einen Termin aus. Ich bin erstaunt, dass Stefan im Nachbarort und somit nur wenige Kilometer entfernt lebt. Am vereinbarten Tag setze ich mich auf mein Rad und fahre mit einigen Mathesachen die kurze Strecke zur genannten Adresse. Doch dort ist niemand anzutreffen – der Name an der Klingel ist richtig. Aber keiner öffnet.

Also fahre ich wieder nach Hause.

Am nächsten Schultag spreche ich Stefan darauf an. Dieser entschuldigt sich und erzählt, dass er kurzfristig zum

Zahnarzt musste. Er schlägt vor, sich morgen zu treffen. Ich fahre also erneut mit dem Rad zu Stefan. Nach mehrmaligem Klingeln öffnet eine ältere Frau die Tür.

„Guten Tag, ich heiße Marek und möchte zu Stefan", grüße ich die Frau höflich. Mutti hat es uns schließlich genauso beigebracht.

„Mein Enkel ist nicht da – der kommt immer nur am Wochenende", erklärt mir die Rentnerin. Dann gibt sie mir die richtige Adresse und schließt die Tür.

„Vielen Dank!"

Verärgert steige ich auf das Rad und fahre zur neuen Adresse. Aber dort öffnet mir niemand.

Stefan rechtfertigt sich erneut: „Oh man, das tut mir leid. Unser letzter Termin war ja am Samstag und da wäre ich bei meiner Oma gewesen. Habe vergessen, dir für gestern die richtige Adresse zu geben."

Ich erzähle, dass ich von seiner Oma eine Adresse bekommen habe, dort ebenfalls hingefahren bin und vergebens geklingelt habe.

„Naja, nachdem du nicht aufgekreuzt bist, bin ich mit Freunden schwimmen gegangen."

Trotz aufkeimender Zweifel schenke ich seinen Erklärungen Glauben. Und so vereinbaren wir einen dritten Termin – für einen Samstag und somit bei Stefans Oma. Wieder einmal schnappe ich mein Rad und fahre die sieben Kilometer zum ausgemachten Treffpunkt. Nachdem ich geklingelt habe, öffnet tatsächlich Stefan die Tür und bittet mich hinein.

Die Zweifel sind ausgeräumt und weggewischt. Also doch nur dumme Zufälle, denke ich. Gemeinsam lernen wir fast zwei Stunden lang.

Plötzlich sagt Stefan: „Du musst jetzt gehen, ich treffe mich gleich noch mit Freunden!"

Dann steht er auf und verlässt den Raum. Überrascht bleibe ich zurück. Zehn Minuten später kommt Stefan wieder und wundert sich, dass ich noch da bin. Nachdem ich den kleinen Schrecken verdaut habe, packe ich meine Sachen, verabschiede mich bei Stefans Oma – nicht ohne ihr für den leckeren Pflaumenkuchen und den Kakao zu danken – und radle heim.

Noch fünf Mal treffe ich mit Stefan, um mit ihm gemeinsam zu lernen. Allerdings findet Stefan immer einen Grund, die vereinbarte Zeit zu verkürzen oder kurzfristig – meist allerdings erst, wenn ich schon vor der Tür stehe - abzusagen. Zunehmend macht sich Frust breit.

In Zukunft sage ich nein. Soll er doch sehen, wie er allein zurechtkommt. Mir hilft ja schließlich auch niemand. Einmal mehr fahre ich unverrichteter Dinge heim.

Es geht endlich voran

Zweieinhalb Monate vor den Sommerferien kann ich endlich einige kleine Erfolge verbuchen, die mich wieder etwas aufbauen. Ich habe zwei Einladungen zu Vorstellungsgesprächen bekommen und habe meine Leistungen weiter verbessern können. Sogar in Englisch bin ich nun auf dem besten Weg Richtung Zwei.

Lediglich Sport ist nach wie vor eine Katastrophe, was mich aber nicht stört. Nur die ständigen Dauerläufe sind lästig. Vor dem Geräteturnen habe ich noch immer einen Höllenrespekt, kann mich aber nicht davor drücken. In den Hauptfächern stehe ich fast überall auf einer Zwei oder gar einer Eins, obwohl ich relativ wenig lerne.

Beide Vorstellungsgespräche laufen sehr gut, auch wenn ich total nervös bin. Meine Leistungen und deren Steigerung in den vergangenen zwei Jahren werden wohlwollend zur Kenntnis genommen, bei den Einstellungstests kann ich außerdem durch schnelles und korrektes Beantworten der Fragen punkten.

Auch in den Interviews gelingt es mir, die Verantwortlichen für mich einzunehmen. Einer der Personalchefs zeigt sich sogar beeindruckt von meiner Allgemeinbildung. Sie liegt seiner Meinung nach weit über dem Durchschnitt eines fünfzehnjährigen Jungen.

Vielleicht war das viele Lesen doch nicht ganz so unnütz, wie man mir oft gesagt hat! Ich muss gestehen, sogar ich bin durchaus mit mir zufrieden.

Am Nachmittag bin mit dem Rad unterwegs. Ich fahre mal wieder etwas ziellos umher, bis ich in der Dorfmitte auf Julian treffe. Wir unterhalten uns eine ganze Weile über die Schule und meine Ausbildungswünsche. Plötzlich greift er mir völlig unerwartet zwischen die Beine. Bevor ich richtig reagieren kann, macht er schon drei Schritte zurück und grinst mich frech an.

„Willst du mit zu mir kommen und Atari zocken?"

Ich überlege kurz, ob ich schon etwas vorhabe und nehme die Einladung schließlich an. In seinem Zimmer bietet er mir zunächst etwas zu trinken an, dann drückt er mir einen Controller in die Hand.

„Max kommt nachher auch noch rüber", erklärt er, „bis dahin spielen wir zu zweit."

Nach gut vierzig Minuten tun mir die Daumen weh, aber ich liege endlich in Führung und will nun definitiv nicht aufgeben. Plötzlich spüre ich erneut Julians Hand zwischen den Beinen und prompt rast mein Rennwagen ungebremst in die Seitenwand.

„Hey!"

„Was denn? Ich kann dich doch nicht so einfach gewinnen lassen!"

„Ich will eine Revanche."

Julian nickt und startet das Rennen neu. Er geht sofort in Führung. Auf einer langen Gerade greife ich zu ihm hinüber und er verliert die Kontrolle über sein Fahrzeug.

„Hey!", beschwert er sich.

„Ich kann dich doch nicht einfach gewinnen lassen."

Seine Augen blitzen kämpferisch und ich biete ihm eine Revanche an. Julian willigt ein und wir starten erneut. Auf der langen Geraden liegen wir gleichauf. Unsere Hände wandern zeitgleich zum Gegner hinüber. Dass unsere Rennautos einen Megaunfall verursachen, interessiert uns beide nicht. Wir balgen uns am Boden und jeder versucht, die Oberhand zu gewinnen.

Ich überlege sogar, ob ich ihn gewinnen lassen soll. Doch noch bevor ich meine Entscheidung treffen kann, betritt Max das Zimmer. Der schlanke Junge mit schulterlangen blonden Haaren ist überrascht.

„Hey Juli, was macht der denn hier?“

„Verlieren“, prustet Julian.

Dabei bin ich es, der gerade auf seinem Brustkorb sitzt und ihm die Luft aus den Rippen presst.

„Wer verliert hier?!“

„Naja, beim Rennen schon!“

Erschöpft lasse ich mich neben ihm auf den Boden sinken. Max legt sich kopfschüttelnd auf Julians rechte Seite und schaut ihn vorwurfsvoll an.

„Du spielst unser Spiel mit ihm?!“

„Immer nur gegen dich zu gewinnen, macht mir einfach keinen Spaß mehr!“

Max schaut mich an und nickt Richtung Julian.

„Sollen wir ihm zeigen, wer hier verliert?“

„Na klar!“

Zu zweit stürzen wir uns auf den am Boden liegenden Jungen. Noch lacht er und macht sich über uns lustig. Aber gegen uns beide hat Julian keine Chance und schon bald keucht er nur noch.

„Ich … gebe auf … ihr habt … gewonnen.“

Doch Max ist absolut nicht nach aufhören. Immer wieder wandern seine Hände zu Julians Rippen oder zwischen die Beine. Vor lauter Lachen kann sich der Arme nicht einmal mehr wehren.

Ich halte mich dann doch lieber nur ans Kitzeln.

Nachdem wir ihm gnädiger Weise erlauben, sich zu erheben, bringt Julian Kekse und Cola für uns alle. Dann zocken wir noch eine Weile auf der Spielekonsole. Gewinnen können wir trotzdem nicht gegen ihn.

In den folgenden Wochen treffen wir uns häufiger. Mal bei Julian, mal bei mir. Tonda und ich haben uns einen Computer gekauft. Keinen besonders schnellen, aber zum Spielen völlig ausreichend. Max ist auch sehr oft dabei, die beiden scheinen nahezu unzertrennlich. Anfangs grabscht Julian nur, wenn er verliert, später auch ohne erkennbaren

Grund. Mir fällt auf, dass Max sich eigentlich nie dagegen wehrt. Auch widerspricht er nicht. Allerdings grabscht auch er ziemlich oft selbst. Manchmal könnte man glatt meinen, dass es nur ums Grabschen geht.

Vielleicht hat Lukas mit seiner Aussage Recht gehabt, dass viele „es" tun. Komischerweise behagt es mir ganz und gar nicht. Eigentlich sollte es mir doch gefallen. Andere Jungen anzufassen kommt schließlich nicht selten in meinen Träumen vor.

Seelenverwandtschaft

Beim alljährlichen Sommerfest des Fußballvereines gibt es auch in diesem Jahr das übliche Turnier der Jugendmannschaften. Obwohl ich eigentlich nur wenig Interesse an diesem Sport habe, ist es doch eine willkommene Ablenkung. Außerdem kann ich so wieder Zeit mit Hannes und Jessica verbringen.

Meinen Bruder und dessen Freunde meide ich jedoch meist. Ich finde, dass sie nicht der richtige Umgang für Tonda sind. Zu oft sind sie angetrunken und treiben Schabernack mit mir und anderen. Erst vor kurzem haben sie mich und die beiden Geschwister mit Bällen beschossen und dabei auch in Kauf genommen, dass sie uns drei treffen und verletzen könnten.

Jessi wurde tatsächlich von einem Ball mitten im Gesicht getroffen und fiel rücklings von der Spielfeldbegrenzung, auf der sie gerade saß. Statt ihr zu helfen, brachen Tondas Freunde in schallendes Gelächter aus.

Auch in diesem Jahr hat man wieder Mannschaften von befreundeten Vereinen eingeladen. So auch eine Jugendmannschaft aus Trier. Der Trainer der ansässigen D-Jugend war früher selbst in diesem Verein engagiert und hat seine Kontakte spielen lassen. Gern sind die Vereine seiner Einladung gefolgt.

Mit dabei ist auch der 15-jährige Nico. Er sticht mit seinen schulterlangen blonden Haaren aus der Menge hervor. Durch seine schlanke Gestalt und die weichen Gesichtszüge wirkt er beinahe wie ein Mädchen. Seine Mannschaftskameraden machen sich bei jeder Gelegenheit über ihn lustig. Ich höre immer wieder, wie sie ihn „Primaballerina" oder „Ballettschwuppe" nennen.

Ich erfahre erst später, dass sie ihn nur aufgrund seines guten Spieles und des Vereinsvorsitzenden – seinem Großvater - in der Jugendmannschaft dulden. Viele von ihnen tun sich aber schwer damit, seine eigentliche Leidenschaft zu akzeptieren.

Muss ja ein echt toller Verein sein.

Als Nico wieder einmal allein über den Platz schlendert, um einen ruhigen Platz fernab seiner Teamkollegen zu finden, gehe ich zu ihm.

„Hallo Nico. Ich heiße Marek. Bin hier aus diesem Kaff. Darf ich mich zu dir setzen?"

Etwas erstaunt schaut Nico hoch, wischt sich eine Träne aus den Augen und nickt.

„Woher weißt du, wie ich heiße?"

„Ich habe gehört, wie dich die anderen so riefen."

„Dann müsstest du mich eher Ballettschwuppe nennen, meinen richtigen Namen verwendet keiner."

Er zwingt sich zu einem breiten Grinsen, dabei kann ich seinen tiefen Schmerz deutlich sehen. Ich weiß zu gut, wie er sich fühlen muss.

„Naja weißt du, Nico gefällt mir irgendwie besser; kann ich mir außerdem leichter merken. Und nur weil Basti, Siggi und Co dich so nennen, muss ich das ja nicht auch noch machen, oder?"

„Komm, setz dich!"

Nico zeigt auf die Wiese neben sich.

„Du kannst dir aber schnell Namen merken."

„Ziemlich angsteinflößend, stimmt's?"

„Ein bisschen", grinst Nico – diesmal ehrlich.

Wir unterhalten uns mehrere Stunden lang. Und so erfahre ich einiges über meine neue Bekanntschaft:

Nico ist 15, liest viel und tanzt für sein Leben gern Ballett und übt bereits seit beinahe elf Jahren. Weil sein Opa, sein Vater und die älteren Brüder im Fußballverein sind, musste auch er sich für diesen Sport entscheiden. Tradition und so Kram. Immerhin lassen sie ihn weiterhin sein geliebtes Ballett machen.

Er mag den Ballsport und auch die anderen Jungen in der Mannschaft, aber ihre ständigen Beschimpfungen machen ihm tierisch zu schaffen.

Ich fühle mich mit ihm verbunden und habe das Gefühl, dass ich Nico vertrauen kann, auch wenn es dafür keine Erklärung gibt. Und so erzähle ich von Anton und was wir in der Schule durchmachen müssen.

„Und hattet ihr Sex auf der Toilette?", fragt Nico mit einem Funkeln in seinen grünen Augen.

„Nein, natürlich nicht!"

Ich bin empört. Wie kann er so etwas von mir denken? Freundlich lächelnd versucht er mich zu beruhigen und zieht mich an meinem Arm wieder hinunter.

„Ist ja auch nicht der beste Ort für Sex, nicht wahr? Wobei ich das nicht sagen kann. Ich hatte noch nie."

Dabei klingt er beinahe wehmütig und blickt verträumt auf das Gras, welches er Halm für Halm ausreißt.

„Ich doch auch nicht."

„Liebst du Anton?", will Nico plötzlich wissen.

Seufzend nicke ich. Warum auch weiter leugnen.

Das Turnier dauert insgesamt vier Tage und so haben wir ausreichend Gelegenheit, uns zu treffen und auszutauschen. Auch Nico fühlt sich zu Jungen hingezogen und so sehen wir beide ineinander einen Leidensgenossen. Es tut so gut, nicht allein zu sein!

Leider bleibt es nicht unbemerkt, dass wir oft stundenlang zusammen am Waldrand sitzen und miteinander reden. Selbst wenn es dunkel wird, kann man uns noch sitzen sehen. Allerdings nur, wenn ein Auto vorbeifährt. Manchmal vergessen wir sogar, etwas zu essen, so intensiv sind unsere Gespräche. Wir werden dann erst durch unsere knurrenden Mägen darauf aufmerksam.

Wenigstens stört uns hier keiner.

Nico erklärt: „Ich war etwa vier, als mich meine Mutter mit zu ihrer Ballettschule nahm. Papa war arbeiten und sonst hatte niemand Zeit für mich. Es sah toll aus, wie anmutig die anderen Frauen und Männer nach der Musik tanzten. Und diese Hebefiguren. Irgendwie konnte ich damals nicht stillsitzen und begann mich ebenfalls nach der Musik zu bewegen, imitierte die Bewegungen meiner Mutter. Alle fanden das soooo süß!"

Nico streckt die Zunge raus und verdreht die Augen, während ich nur kichere. Dann erzählt er weiter - was ihm beim Ballett besonders viel Spaß macht und was es dabei alles zu beachten gilt. Vor meinem inneren Auge kann ich mir Nico im engen Leotard sehr gut vorstellen.

Das ist sicher ein toller Anblick.

Ich erzähle meinem neuen Freund wiederrum von meinen Hobbys und zeige erstmals eines meiner selbstverfassten Gedichte einer anderen Person.

„Wow, das ist richtig toll geschrieben!

Dann kichert er.

„Ich wusste gar nicht, dass süße Knuddelbärchen schreiben können".

Zum Glück dämmert es bereits, sonst hätte Nico sehen können, wie ich langsam knallrot anlaufe.

„Ich bin kein Knuddelbärchen!", stammle ich.

„Doch, irgendwie ... irgendwie schon ... ein flauschiges ... Knuddelbärchen!"

Dann rennt Nico lachend davon.

Na toll! Ein völlig verrückter Kosename.

Inneres Feuerwerk

„Würdest du gern …?", fragt Nico am dritten Abend plötzlich unerwartet.

Verwundert schaue ich in die grünen Augen meines Gegenübers. Sie schauen mich so liebevoll und dennoch total verunsichert an.

„Was meinst du?"

„Naja, du weißt schon", druckst der blonde Junge sichtlich nervös, „mit einem Jungen … also naja … oh Mist ist das schwer … Sex eben."

Mehr als ein zustimmendes Brummen bringe auch ich nicht heraus. Ich spüre, wie meine Hände schwitzen und mein Atem schneller wird.

Nico nimmt meine Hände fest in seine und bewegt seinen Oberkörper auf mich zu. Da wir bereits sehr eng einander gegenüber im Gras sitzen, muss er sich nicht weit vorbeugen. Zunächst berühren sich nur unsere schweißnassen Stirnen. Wir können den Atem des jeweils anderen in unseren Gesichtern spüren.

Etwas unbeholfen stoßen wir mit unseren Nasen aneinander, was uns beiden ein Kichern entlockt. Wir sind eingehüllt von der Dunkelheit und nicht einmal das Zirpen der Grillen nehmen wir wahr. Nachdem wir uns ein paar Minuten – es fühlt sich jedoch an wie Stunden – tief in die Augen gesehen und unsere Nasen aneinander gerieben haben, dreht Nico den Kopf leicht zur Seite.

„Oh mein Gott, es passiert", schießt es mir durch den Kopf, als sich unsere Lippen berühren, „oh mein Gott, ich küsse einen total süßen Jungen."

Für mehrere Minuten pressen wir unsere Münder aufeinander. Die Welt um uns herum haben wir dabei völlig ausgeblendet. Alles ist wie in einer wahnsinnig langsamen Zeitlupe. Ich bin sicher, wir könnten jetzt jeden Flügelschlag einer Biene sehen, wenn hier eine herumfliegen würde. Aber selbst das ist jetzt egal!

Mit Sicherheit ist es nicht der beste erste Kuss, aber woher sollen wir es denn auch wissen. Wir sind im Himmel: Es fühlt sich so gut an, so warm, so wundervoll, so liebevoll - vor allem aber - so richtig!

Für mich ist es, als würde eine Riesenlast von meinen Schultern fallen. Hoffentlich würde niemand den dumpfen Schlag hören können.

Bei diesem Gedanken muss ich leise lachen, was auch Nico verdutzt.

„Was ist? Bin ich so schlecht?"

Ich beschreibe ihm kurz meinen Gedanken, wodurch auch Nico zu lachen beginnt. Wir lehnen uns aneinander und sehen uns dabei tief in die Augen.

„Willst du mich eigentlich nur anstarren oder nochmal küssen?", kichert Nico nach einer gefühlten Ewigkeit.

„Nein, ich dachte eher an dich auffressen, wie es Bären vermutlich tun würden", kontere ich mit leiser Stimme, fast schon flüsternd.

„Nur gut, dass du kein richtiger Bär, sondern ein flauschiges Knuddelbärchen bist!"

Wir küssen wieder; Nicos Hände sind plötzlich überall. Auch ich lasse meine Hände über Nicos schlanken Körper wandern. Noch nie hatte ich die Chance, einen anderen Jungen so ausgiebig zu berühren, wenn man das Toben mit Hannes – und Lukas – einmal außer Acht lässt.

Aber Nico, dieser wahnsinnig tolle Junge, dieser Junge, der wie ich auch Jungs mag, will es auch!

Seine Hände streicheln über meinen ganzen Körper. Er berührt mich auf eine Weise, wie es noch kein anderer Mensch zuvor getan hat. Und damit meine ich nicht nur seine zarten Hände. Auch innerlich! Ich fühle mich, als müsste ich mein Glück laut herausschreien. So als würde ich gleich explodieren – in Tausend Stücke.

Es ist ein verdammt schönes Gefühl!

Nur wenig später werden wir durch die energischen Rufe von Nicos Vater unterbrochen. Dem Tonfall nach hat er wohl schon vor einer Weile angefangen, Nico herbeizurufen, damit er endlich die Nachtruhe einläuten kann. Wir haben die Rufe aber die ganze Zeit nicht gehört.

„Ich muss gehen, sonst nimmt es noch ein schlimmes Ende", klagt Nico.

„Ich verstehe. Wir sehen uns morgen früh bei der Verabschiedung", erwidere ich genauso enttäuscht wie er.

„Warte!", rufe ich dem schon weglaufenden Jungen hinterher, „ich habe etwas für dich geschrieben."

Schnell krame ich einen kleinen Zettel aus meiner Tasche und reiche ihn Nico. Darauf steht:

Wenn ich in deine Augen schau,
wird selbst bei Sturm der Himmel blau!

„Wow, das ist sehr schön!"

Wir küssen ein letztes Mal, bevor Nico endgültig in der Dunkelheit verschwindet.

„Meine Augen sind aber nicht blau, sondern grün, du flauschiges Knuddelbärchen!"

Dann wird es plötzlich still.

Wie benebelt stehe ich auf dem nächtlichen Sportplatz. Wie kommt Nico nur auf diesen blöden Kosenamen? Erst einige Minuten später schaffe ich es, zu meinem Rad zu gehen und nach Hause zu fahren.

Schlafen kann ich in dieser Nacht allerdings noch lange nicht. Dafür gehen mir zu viele Dinge durch den Kopf.

Es fühlt sich gut an

Am nächsten Morgen heißt es dann Abschied nehmen. Heimlich tauschen Nico und ich unsere Adressen aus. Das Getuschel und Gelächter der anderen Jungen versuchen wir beide so gut wie möglich zu ignorieren. Nico zieht mich vor allen in eine Umarmung und flüstert mir ins Ohr.

„Danke für die schönen Tage und für gestern Abend! Denk aber nicht, dass jeder Junge, der Ballett tanzt, auch wirklich schwul ist!"

Lächelnd lässt er mich los und zwinkert mir zu. Ich schüttle den Kopf und kann mir trotz aller Traurigkeit ein Grinsen nicht verkneifen. Wenig später ist der Bus abgefahren und ich bin wieder allein.

Ich bin also schwul – und es fühlt sich gut an!

Die Tage mit Nico haben mir neuen Mut gegeben. Ich weiß nun, dass ich nicht alleine auf dieser Welt bin. Und etwas, das sich so toll anfühlt, kann einfach nicht falsch oder gar krank sein.

Abends im Bett habe ich nun auch kein schlechtes Gewissen mehr, wenn ich vor dem Einschlafen an Jungs denke. Zufrieden schlafe ich kurz darauf ein.

Das erste Mal seit einer gefühlten Ewigkeit wache ich nicht schweißgebadet auf.

Ferien in der Heimat

In der Schule gilt es aber weiterhin aus der Schusslinie zu bleiben, was Anton und mir auch recht gut gelingt. Trotzdem können wir uns häufig sehen. Anton hat seine Leistungen halten können, weshalb seine Versetzung in diesem Jahr nicht gefährdet ist.

Aber Manuel muss das Schuljahr wiederholen, wofür er unter Anderem mir die Schuld gibt. Wem auch sonst. Es ist mir egal. Noch ein Schuljahr und dann bin ich sie endlich los - all die Schikanen überstanden.

Einen Teil der Sommerferien verbringen wir bei den Großeltern in Semice. Wir haben unsere Räder mitgenommen, so dass ich meine alte Heimat durchforsten und alte Bekannte besuchen kann. Es hat sich einiges verändert, seit wir weggezogen sind. Aber vieles ist auch immer noch so, wie ich es in Erinnerung habe.

Die Ferien sind hier bereits vorüber und so beschließe ich, meine ehemalige Klassenlehrerin zu besuchen. Frau Rychtář freut sich sehr, mich wiederzusehen und lässt es sich nicht nehmen, mich in ihrer Freistunde überall herumzuführen. Das Schulgebäude in Písek ist von Grund auf saniert worden. Gleich daneben haben sie eine neue Turnhalle gebaut. Während meiner Schulzeit sind wir noch bei jedem Wetter fast zwei Kilometer durch den Ort laufen, um zur Turnhalle zu gelangen. Das ist nun vorbei.

Lediglich der Versammlungsplatz mit den drei Fahnenmasten vor der Schule hat noch immer etwas vom Charme längst vergangener Zeiten.

Einer neuen Lehrkraft erzählt sie von meinen Aufsätzen aus der fünften und sechsten Klasse. Sie seien stets die längsten der gesamten Klasse gewesen, aber oft auch sehr interessant zu lesen. Die Lehrerin bestätigt mir eine überaus ausgeprägte Fantasie. Manchmal wäre ich aber auch etwas schlampig gewesen. Ich weiß überhaupt nicht, was sie damit meint. Ich und schlampig?!

Noch bevor ich protestieren kann, erzählt sie weiter, dass ich meine Aufsätze oft erst zwei oder drei Tage zu spät abgegeben habe. Dann wären sie aber meist mehrere Seiten lang und die Geschichte zum Teil sehr ausgefeilt gewesen. Sie gibt zu, dass meine Aufsätze zu ihren liebsten gehörten. Sie hätte sie alle aufgehoben.

Auf dem Weg von der Schule zu meinen Großeltern halte ich an meiner alten Lieblingsstelle an. Obwohl sich vieles in meinem Heimatort verändert hat, stehen die alten Weiden noch immer unverändert da. Wie früher lege ich mein Rad vorsichtig ins Gras und klettere ins Innere des dritten Baumes. Dort befindet sich noch immer die sitzähnliche Auswölbung im Stamm.

Früher habe ich hier oft stundenlang gesessen, in den Himmel gesehen oder mit geschlossenen Augen geträumt. Manchmal schrieb ich hier an meinem Manuskript. Dann vergaß ich die Welt um mich herum und fand mich in meinen Geschichten wieder. Wie Jesse, der junge Held meiner kleinen Geschichte, reiste ich durch fremde Welten, traf auf außergewöhnliche Kreaturen und erlebte aufregende und seltsame Dinge.

Schon irgendwie seltsam diese Parallelen.

Als wir nach Hause zurückkommen, wartet eine große Überraschung auf mich. Während unseres Urlaubes hat eine der beiden Banken einen Ausbildungsvertrag geschickt. Nun muss ich nur noch vorbeifahren und die restlichen Formalitäten klären.

Ich habe es endlich geschafft!

Und ich kann es nicht erwarten, auch meinem Freund Anton davon zu erzählen.

Fleißige Handwerker

Vati hat noch eine weitere Überraschung parat: Das Dach muss gerichtet werden. Tonda und ich sollen dabei helfen, um die Kosten in einem überschaubaren Rahmen zu halten. Seit einer Woche ist das komplette Dach nun schon offen. An vielen Tagen kraxeln wir drei, meist unterstützt durch einige Freunde von Tonda und Vatis Arbeitskollegen und Bekannte, auf dem Dach herum.

Bei hochsommerlichen Temperaturen werden Dachziegel entfernt, Balken ausgetauscht, der Dachboden mit Dämmwolle abgedichtet und alles wieder zunächst provisorisch mit einer großen Plane geschlossen.

Obwohl ich unter Höhenangst leide, wage ich es nicht, Vati zu widersprechen und helfe fleißig mit. Viele Male wanke ich dabei mit zittrigen Knien über die nackten Dachbalken. Ich will mir keine Blöße geben oder vor den Jüngeren als Weichei gelten. Es muss ja keiner wissen, wie ich mich da oben wirklich fühle.

Wildfang Tonda und seine Kumpel hingegen laufen mit einer Leichtigkeit über das Dach, dass selbst Mutti angst und bange wird. Vom Boden beobachtet sie das Geschehen und reicht uns Werkzeug und Material oder kühle Getränke hinauf. Abends gibt Vati Tonda und seinen Freunden dann oft das eine oder andere Bier aus. Dabei sind die gerade einmal vierzehn!

Ich lehne das Angebot erneut ab. Den Geruch des Gerstensaftes mag ich nämlich noch immer nicht. Wie kann dann erst der Geschmack sein?

Nach einigen Tagen harter Arbeit mault Vati mich völlig überraschend an. Ich bin gerade wieder einmal mit unsicheren Schritten über das offene Dach gewankt und halte mich lieber ordentlich fest, als ein unnötiges Risiko einzugehen. Mein T-Shirt ist komplett durchgeschwitzt. Mit feuchten Händen ist es nicht unbedingt einfacher.

„Wenn du hier oben so langsam bist, dann hilf deiner Mutter wenigstens das Material heraufzureichen."

An der Dachkante stehend Ziegel oder Holzbalken entgegenzunehmen, ohne mich festhalten zu können, ist eine große Herausforderung für mich. Interessiert es Vati eigentlich, dass ich Höhenangst habe? Aber vermutlich hält er mich dann erst recht für einen Feigling.

In der folgenden Nacht tobt ein Unwetter über Kotzenhof hinweg. Während alle im Haus schon schlafen, werde ich durch das stete Prasseln der Regentropfen wachgehalten. Die Ziegel liegen noch auf der Terrasse und nur Dämmmaterial und mehrere große Planen bedecken den Giebel. Nach einer Weile fällt mir auf, dass durch das nur behelfsmäßig geschlossene Dach Wasser eindringt – in mein Zimmer – in meinen Kleiderschrank.

Schnell reiße ich meine Kleider aus dem Schrank, auch mein Geheimversteck muss ich räumen. Danach laufe ich hinunter ins Schlafzimmer meiner Eltern, um Vati zu wecken. Es dauert eine Weile, bis er endlich wach ist.

„Warum stehst du noch hier rum, zieh dich endlich an und dann los!", herrscht er mich an.

Bei diesem Wetter mitten in der Nacht auf das Dach zu müssen führt bei mir zu wahren Begeisterungsstürmen. Gemeinsam steigen wir auf das dunkle und jetzt rutschige Dach, um es wieder abzudichten. Bis auf die Haut durchnässt gelingt es uns schließlich, das Loch zu stopfen. Was für mich schon tagsüber eine Herausforderung ist, ist bei Nacht und strömendem Regen eine wahre Zumutung.

Etwas anmerken lassen, will ich mir auch jetzt nicht! Nicht vor Vati, eigentlich vor niemandem. Im Verstellen bin ich in der Zwischenzeit ein wahrer Meister geworden. Keiner weiß, wie es in mir aussieht.

Am nächsten Morgen begutachte ich den Schaden, den das Wasser in meinem Schrank angerichtet hat. Einige Seiten meines Manuskriptes sind aufgeweicht und die Schrift vollkommen unlesbar. Ich werfe sie in den Müll. Muss sie dann eben nochmals schreiben. Zwei Regelbretter müssen ebenfalls ersetzt werden. Meine nassen Kleider bringe ich hinunter ins Badezimmer, damit Mutti sie durchwaschen kann.

Zusammen mit einem Dachdecker aus dem Nachbarort beginnen wir, die Ziegel auf das Dach zu bringen und dort korrekt zu verlegen. Auch Tonda und ich müssen wieder mit anpacken. Es fließt reichlich Bier. Immerhin erlaubt Vati Tonda nur zwei Flaschen.

Nach insgesamt sechszehn Tagen ist das Dach fertig. Wir können also endlich die Ferien genießen – zumindest das, was davon noch übrig ist.

In der Stadt der Liebe

Am ersten Tag des zehnten und letzten Schuljahres fragt unsere Klassenlehrerin Frau Pietsch, wer denn bereits Bewerbungen geschrieben habe. Mehr als die Hälfte der Schüler melden sich – ich auch.

„Wer hatte denn schon Vorstellungsgespräche?", fragt sie interessiert weiter.

Etwa zehn strecken noch ihren Arm in die Höhe. Auf die Frage, ob bereits jemand einen Ausbildungsvertrag sicher habe, meldet sich nur einer - ich.

„Herzlichen Glückwunsch, Marek!"

Prompt kann ich die neidischen Blicke meiner Mitschüler in meinem Rücken spüren.

Als Nächstes wird über die geplante Abschlussfahrt nach Paris diskutiert. Unsere Klasse will für eine Woche in die französische Hauptstadt fahren. Die Unterbringung soll in einer Art Jugendherberge, An- und Abreise mit der Bahn erfolgen. Das Programm vor Ort steht noch nicht fest. Mit Sicherheit würden wir aber mehrere Sehenswürdigkeiten und Museen besuchen.

Ich wäre gern mitgefahren, aber meine Familie kann sich die hohen Kosten von fast 300 Mark nicht leisten. Aus Stolz will ich es meiner Lehrerin nicht sagen.

Zeitgleich beginnt der obligatorische Tanzkurs aller Abschlussklassen. Jeden Montagnachmittag wird nun also nach dem Sportunterricht das Tanzbein geschwungen. Für mich stellt sich nur eine Schwierigkeit: Welches Mädchen soll ich fragen? Meine „Ex-Freundin" Kerstin scheidet aus, sie ist schließlich eine Klassenstufe unter mir.

Mit den Mädchen aus meiner Klasse kann ich nicht viel anfangen, auch beteiligen sie sich zu oft an den Sticheleien. Meine Wahl fällt auf ein Mädchen aus der Parallelklasse. Auch sie hat keinen Tanzpartner gefunden und so schließen wir uns beide zusammen.

Schon früher als Kind – Mutti hat davon noch jede Menge peinliche Fotos – habe ich leidenschaftlich gern getanzt. Auf Familienfesten sei ich nicht zu stoppen gewesen, wenn Musik lief. Durch den Umzug ist das aber alles eingeschlafen. Doch mein Taktgefühl und meine Lust am Tanzen kommen sehr schnell wieder zurück. Und so tanzen Mandy und ich zu „Give It Up" von KC & the Sunshine Band oder zu „Go West" von den Pet Shop Boys.

Irgendwie eine lustige Mucke!

Endlich kann ich auch Anton wiedersehen. Wir verbringen wieder viel Zeit miteinander, genießen jeden gemeinsamen Moment. Wir haben uns viel zu erzählen. Einige pikante Details spare ich allerdings aus.

Anton erzählt mir von seinen Ferien, die er wieder zu großen Teilen im Allgäu verbrachte. Auch hat er schon weitergehende Pläne für seine Zukunft geschmiedet. Er möchte unbedingt Elektriker werden. Um dieses Ziel zu erreichen, hat er sich vorgenommen, seine Leistungen noch weiter zu steigern. Anders als ich hat er noch ein Jahr mehr Zeit, das gesteckte Ziel zu erreichen. Und ich bin mir sicher, er wird es schaffen.

So ein Mist!

Frau Pietsch hat irgendwie Wind davon bekommen, dass ich nicht mit auf Abschlussfahrt gehen will und bittet meine Eltern zu einem Gespräch. Sie erklärt uns, dass ich dann der einzige Schüler der Klasse sei, der nicht mitfahren würde. Für mich ist das nicht wirklich ein Problem. Dann gehe ich eben zum Unterricht.

„Es gibt diskrete Möglichkeiten, an finanzielle Unterstützung zu gelangen", erklärt sie meinen Eltern.

Der Elternbeirat lege regelmäßig Geld für solche Zwecke zurück. Schweren Herzens entscheiden sich meine

Eltern, die finanzielle Hilfe anzunehmen – ich darf also auch nach Paris fahren. Oder muss?

Das Tanzen mit Mandy macht Spaß. Sie hat genau die richtige Größe und sie tritt mir mindestens genauso oft auf meine Füße wie ich auf ihre. Vor allem bei den lateinamerikanischen Tänzen. Wenigstens bin ich nicht der einzige Junge, dem das Arschgewackel nicht gelingen will.

Unsere Tanzlehrer beweisen viel Geduld mit uns. Sie bekommen ja schließlich auch Geld dafür. Bis zum Abschlussball bleiben ihnen noch knapp fünf Wochen, uns auch Rumba und Cha-Cha-Cha beizubiegen. Immer und immer wieder lassen sie uns die Tänze in der alten Sporthalle im Stadtzentrum wiederholen.

Für mich wird das Tanzen mit Mandy langsam zu einer Belastung. Zum einen wird getuschelt, dass wir jetzt ein Pärchen seien, zum anderen transpiriert sie ziemlich stark. Durch den geringen Abstand steigt mir ihr übler Körpergeruch ständig in die Nase.

Aber ich bringe es einfach nicht übers Herz, es ihr zu sagen – sie wäre dadurch bestimmt verletzt.

Eine Woche vor dem Abschlussball steigen achtundzwanzig aufgeregte Schüler in Begleitung unserer Klassenlehrerin und zwei weiterer Lehrer in den TGV nach Paris. Wir fahren über Nacht, um möglichst viel vom Tag zu haben. Schlafen kann jedoch vor Aufregung kaum jemand. In Paris angekommen, werden die Zimmer verteilt.

Ich wäre gern mit Sven, Marco und Michael in einem Zimmer gelandet, aber leider haben sie sich schon mit anderen zusammen getan. Da ich mich nicht entscheiden kann, komme ich in ein Viererzimmer, in dem bereits Stefan und Rainer untergekommen sind. Ausgerechnet die beiden, mit denen ich schon so oft aneinander geraten bin. Fehlt zu meinem Glück nur noch Manuel, wäre der jetzt nicht eine Klassenstufe unter uns.

Kann ja heiter werden.

Nur unter Protest ziehe ich in das Zimmer ein. Wider Erwarten geben sich Rainer und Stefan jedoch freundlich und zuvorkommend. Rainer nimmt mich sogar auf die Seite und verspricht, dass sie mich diese Woche in Ruhe lassen würden. Schließlich solle es für alle Beteiligten eine schöne Zeit werden. Nach dem Bezug der Zimmer werden die Fahrkarten für die Metro und Stadtpläne verteilt.

Danach gibt es erneut – ich glaub zum mittlerweile fünften Mal - die Einweisung in die Verhaltensregeln. Es müssen immer Gruppen von mindestens vier Personen gebildet werden, in denen sich jeweils ein Schüler aus dem Französischzug wiederfinden muss. Die Gruppen sind meist größer als die geforderten vier Personen und auch der Anteil der französisch sprechenden Schüler ist deshalb oft höher. Somit steht der Eroberung der Metropole an der Seine nichts mehr im Weg.

In den kommenden Tagen schleift uns Frau Pietsch durch den Louvre, über die Champs-Élysées, durch den Invalidendom und das Centre Pompidou sowie hinauf zur Kirche Sacré-Cœur auf dem Montmartre. Uns bietet sich ein bombastischer Ausblick über die berühmte Stadt. Natürlich darf auch der Eiffelturm nicht fehlen. Ich bin nicht der einzige, der ihn nicht erklimmen will.

Gefrühstückt wird in der Herberge. Leider keine besonders luxuriöse Einrichtung. Für 12 Mark pro Nacht und Schüler kann man aber vermutlich nicht viel mehr erwarten. Auch das Abendessen nehmen wir dort gemeinsam ein, so dass die Zeit für unsere Tagesausflüge oft streng limitiert ist. An zwei Abenden dürfen wir allerdings die Stadt nochmals auf eigene Faust erkunden. Meist sitzen wir aber auf dem Flur zusammen und reden.

Am dritten Abend sitze ich auf dem Zimmer und warte darauf, dass Rainer endlich aus der Dusche kommt. Danach will ich die freie Zeit nutzen und meinen Eltern, Nico und Anton eine Karte schreiben. Frisch geduscht und nur mit einem schmalen Handtuch bekleidet verlässt Rainer nach fast zwanzig Minuten das kleine Badezimmer. Heißer Dampf schlägt mir entgegen.

Wird ja auch endlich Zeit!

„Hast du Lust?", fragt er mich und zeigt auf seinen Schritt. Ich höre ihm aber nicht wirklich zu und reagiere deshalb zunächst nicht.

„Hey, ich rede mit dir!"

Rainer stupst mich an der Schulter an.

Fragend sehe ich meinen Mitschüler an. Rainer wiederholt seine Frage, doch ich tue so, als würde ich nicht verstehen. Also erklärt mir Rainer, worauf seine Frage abzielt und lässt sein Handtuch zu Boden sinken. Er ist ziemlich stark behaart.

„Ähm, ich weiß nicht. Ich bin doch nicht schwul", gebe ich zu bedenken.

Wenn der wüsste!

„Ich auch nicht, aber manchmal muss man sich unter Freunden aushelfen. Und Stefan ist nicht da."

Trotz aller Neugier lehne ich ab und ziehe mich in das Bad zurück. Ich bin mir sicher, dass Rainer auch ohne mich klarkommen wird. Oder es handelt sich um eine Falle. Misstrauen beherrsche ich noch immer sehr gut. Um ihm etwas zusätzliche Zeit zu verschaffen, dusche ich länger als üblich und trockne mich danach sehr gemächlich ab. Erst dann verlasse ich vollständig angezogen das Bad.

Rainer liegt auf seinem Bett und grinst zufrieden.

„Du hast etwas Großes verpasst!"

Ich zucke nur mit den Schultern und setze mich an die Postkarten. Die Adressen lasse ich noch offen, falls die Karten bis zum Verschicken in falsche Hände geraten.

Einen Tag später – wir sind gerade von der Besichtigung des Père-Lachaise Friedhofes und den Katakomben zurückgekehrt – sitze ich auf meinem Bett und lese. Im Nachbarzimmer geht es derweil ziemlich laut her. Fast alle männlichen Mitschüler und auch einige Mädchen haben sich dort versammelt und feuern Christian bei irgendetwas an. Um dem Geschrei auf den Grund zu gehen – auch ich bin durchaus neugierig – lege ich mein Buch zur Seite und laufe über den langen Flur.

Mitten im Raum steht Christian und zieht sich gerade die Hose hoch. Vor ihm auf dem Boden kann ich deutlich mehrere Flecken erkennen. Die übrigen Jungen stehen in einem Kreis, grölen und klatschen, während die anwesenden Mädchen teilweise mit hochrotem Kopf das Zimmer schnell wieder verlassen.

Ich habe genug gesehen und verlasse kopfschüttelnd den Raum. Und ich bin also anders!

Die restliche Klassenfahrt verläuft ohne Vorkommnisse, das Wetter spielt mit und die Stimmung ist meist sehr gut. Wir Schüler genießen die freie Zeit – bald starten schließlich die Prüfungsvorbereitungen. Nach der langen Heimfahrt mit dem Zug heißt es zunächst ausspannen, Wäsche waschen (lassen) und der Familie von der aufregenden Woche erzählen.

Den Abschlussball am Samstag nach der Klassenfahrt lasse ich sausen. Meine Tanzpartnerin nimmt ebenfalls nicht teil, so dass es für uns beide keinen Verlust darstellt.

Und es würde ja auch nur wieder Geld kosten.

Unfälle und andere Schwierigkeiten

Zwei Wochen später – Weihnachten steht kurz vor der Tür – kommt Anton mit zum Teil schweren Abschürfungen an Kinn, Armen und Beinen zur Schule. Selbst seine Stirn weist blutige Schrammen auf.

„Was hast du denn angestellt?", frage ich bei der ersten Gelegenheit besorgt.

„Kann wohl nicht Radfahren", grinst Anton zurück.

„Erzähl!"

Anton erzählt, dass er am Wochenende mit dem Fahrrad unterwegs war und durch Unachtsamkeit und eine gerissene Kette einen Unfall hatte. Dabei stürzte er einen Abhang hinab und zog sich die Verletzungen zu.

Einige Tage danach belausche ich im Vorbeigehen ein Gespräch zwischen vier Schülern aus seiner Klasse. Dabei schnappe ich auf, dass sie Anton vor seinem Unfall verfolgt - „die blöde Schwuchtel ein bisschen aufgescheucht" - haben. In mir kocht es, als ich die Jungen reden höre.

„Am liebsten würde ich ihm und seinem anderen Schwuchtelfreund eine Briefbombe schicken", sagt einer der Jungen, den ich leider nicht deutlich sehen kann. Wutentbrannt drehe ich mich zu der Gruppe um.

„Ich kann euch gern meine Adresse geben! Aber könnt ihr denn auch schreiben?"

Wie aufgescheuchte Hühner laufen sie davon.

Ich überlege lange, ob ich Anton zur Rede stellen soll. Entgegen meinem Bauchgefühl spreche ich ihn einige Tage später in der Pause an. Anton ist entsetzt und weigert sich, irgendetwas darüber zu sagen.

„Das ist meine Sache – ganz allein meine!"

Er knallt mir eine und läuft davon.

Es dauert Tage, bis wir uns wieder sprechen können. Ich versuche mehrmals vergeblich, das Thema noch einmal anzusprechen. Anton kann ja schließlich nicht wissen, dass ich mir schwere Vorwürfe mache. Habe ich meinen Freund in diese blöde Lage gebracht? Habe ich das Verhalten der anderen Schüler ausgelöst?

Irgendwann gebe ich auf. Ich will Anton nicht als Freund verlieren. Stattdessen reden wir wieder über eher belanglose Dinge und meinen 16. Geburtstag. Diesmal will ich Anton direkt einladen und nicht herumdrucksen.

„Ich glaube, es ist besser, wenn wir uns nicht mehr so oft treffen. Du verstehst das doch sicher."

Das schlägt richtig ein!

Ich bin erschüttert – hat Anton gerade mit mir „Schluss gemacht"? Kann man das überhaupt so nennen? Was würde aus mir werden, wenn ich nicht mehr in den stahlblauen Augen versinken dürfte? Ihm nicht mehr beim wegstreichen seiner Haarsträhne zusehen, seine Stimme und sein Lachen hören dürfte.

Zurück im Klassenzimmer fragt Carola, ob ich ihr beim Lernen für Mathematik helfen könne.

Richtig blödes Timing!

Stefan mischt sich vom anderen Ende unseres Klassenzimmers in die Unterhaltung ein.

„Carola, das bringt nichts. Entweder taucht er nicht auf oder kommt zu spät oder stopft sich lieber mit Kuchen voll, statt einem was beizubringen. Bei mir ist er immer schon nach einer Stunde wieder abgehauen! Vielleicht hätte ich der kleinen Schwuchtel erlauben sollen, mir stattdessen einen runterzuholen."

Dieser elende Bastard!

Ich schäume vor Wut. Mit großen Schritten marschiere ich schnurstracks durch den gesamten Raum auf Stefan zu, packe ihn an den schmalen Schultern und presse den erschrockenen Jungen mit dem Rücken an die Wand.

„Du hast mich doch ständig falsch bestellt oder bist lieber mit deinen Freunden unterwegs gewesen! Ich wollte dir helfen, aber du … du hast mich doch immer nur verarscht!", schreie ich ihn an.

Alle schauen erstaunt auf uns – noch nie haben sie mich ausrasten sehen. Bislang hab ich alles still ertragen. Die Szene erinnert mich irgendwie an Radek. Zu Schlägen will ich es dieses Mal nicht kommen lassen. Auch wenn ich sicher keinen Küchendienst schieben müsste.

„Dein Ding würde ich außerdem nicht einmal mit Handschuhen anfassen!", tobe ich weiter.

Noch immer drücke ich Stefan an die Wand. Für diesen gibt es in Moment kein Fortkommen, hängt er doch knapp 30 Zentimeter über dem Boden. Nach ein paar Minuten lasse ich von ihm ab.

„Du blödes Arschloch bist es überhaupt nicht wert, Ärger zu bekommen. Lass mich in Ruhe!"

Wutentbrannt stürme ich aus dem Klassenzimmer und stürme die Treppe hinunter. Allerdings nicht, ohne vorher wenigstens einen Stuhl durch den Raum zu schleudern.

Abschied - solch bittersüßer Schmerz

In den darauffolgenden Wochen nehme ich mir vor, noch einmal mit Anton reden zu wollen. Zu wichtig ist mir unsere Freundschaft. Aber vielleicht würde sie nach der Schulzeit sowieso nicht mehr bestehen. Schließlich bin ich in wenigen Wochen mit der Schule fertig – die Abschluss-prüfungen schweben wie drohendes Unheil über unseren rauchenden Köpfen.

Und für die gibt es noch so Einiges vorzubereiten, zu-mal ich unbedingt ein gutes Zeugnis möchte.

Also lasse ich den Plan wieder fallen. Reinfressen liegt mir mehr als direkte Konfrontation.

Die Prüfungen selbst laufen ziemlich gut. Ich kann in allen Hauptfächern eine Zwei oder sogar eine Eins errei-chen. Vor allem auf die Zwei in Englisch bin ich verdammt stolz. Und den Film „Dinner for one" kenne ich jetzt auch auswendig, ohne ihn jemals gesehen zu haben. Muss ich mir aber unbedingt für Silvester vormerken.

Obwohl ich sowohl in Mathematik als auch in Rech-nungswesen eine schriftliche Eins hingelegt habe, gehe ich in die mündliche Prüfung. Ins Englische muss ich auf jeden Fall, weil ich dort noch etwas auf der Kippe stehe. In den letzten drei Jahren habe ich mich von einer Fünf auf eine Zwei verbessert. Mein Abschlusszeugnis hat somit einen Durchschnitt von 1,86. Damit kann man durchaus sehr zufrieden sein – sogar ich.

Rainer ist in den Prüfungen durchgefallen, wofür er unter Anderem seinen Banknachbarn – nämlich mich - verantwortlich macht. Mittlerweile stehe ich über derlei Anschuldigungen. Ich zähle bereits die Tage bis zum end-gültigen Abschied. Für mich steht fest, dass ich auch nicht am Abschlusszelten teilnehmen werde. Nicht nur, weil ich keine Lust auf meine Mitschüler verspüre, sondern auch weil ich einen guten Ferienjob ergattert habe.

Drei Tage vor dem offiziellen Schulende trifft sich die Klasse nochmals in der Hauswirtschaftsküche, um dort ein mehrgängiges Abschiedsmenü zu zaubern. Für wenige Stunden vertragen sich die Schüler. Auch ich erlebe es kurzzeitig ein Teil dieser Klasse zu sein.

Wir genießen das Essen und tauschen uns ein letztes Mal über unsere Zukunftspläne aus. In den Gesprächen lassen wir die gemeinsamen Jahre Revue passieren.

Die Abschlussfeier soll der letzte Höhepunkt werden. Da Vati wie gewöhnlich arbeiten muss, nehmen nur Mutti und Tonda teil. Die Rektorin und die Klassenlehrer richten einige motivierende Worte an die versammelten Schüler und deren Familien.

Als Zweitbester meiner Klassenstufe erhalte ich eine Auszeichnung für meine guten Leistungen und einen Buchpreis. Auch andere Schüler werden geehrt. Danach werden endlich die Zeugnisse übergeben.

Die meisten Schüler der Abschlussklassen bauen wenige Tage später auf einer schulnahen Wiese das Camp für das Abschlusszelten auf und sorgen für reichlich Alkohol. Ich besuche das Camp nur an einem Abend, aber auch da halte ich es nicht lange in ihrem Kreis aus.

Fast die Hälfte der letzten offiziellen Schulferien verbringe ich tagsüber in einer kleinen Pinselfabrik im Nachbarort. Jeden Morgen radle ich mit Lionel Richie in den Ohren die vier Kilometer durch den Wald zur Arbeitsstelle. Da mich keiner hören kann, trällere ich lauthals mit. Ich treffe nicht jeden Ton, aber das ist mir egal.

Die Arbeit in der Fabrik macht sich fast von selbst. Ich muss Pinsel- und Rollensets zusammenstellen, einschweißen und abgezählt in Kartons kommissionieren. Anfangs wirke ich noch etwas chaotisch, zumal die Kisten mit den einzelnen Stücken im Raum verstreut stehen. Nach drei Tagen habe ich mir meinen Arbeitsplatz so eingerichtet, dass ich für jedes der Sets nur noch genau eine Runde laufen muss, statt wie bisher wild herumzuspringen. Das erleichtert die Arbeit ungemein.

„Mach mal etwas langsamer! Du lässt uns ja echt mies aussehen", beschwert sich einer der festen Mitarbeiter in meiner zweiten Arbeitswoche.

Also lasse ich mir tatsächlich etwas mehr Zeit beim Abarbeiten meiner Aufträge. Pro Woche bekomme ich fast 250 Mark. So schnell und einfach kann ich vermutlich nie wieder Geld verdienen. Und ich kann die Zeit bis zum September auf diese Weise sinnvoll überbrücken. Denn dann beginnt meine Ausbildung zum Bankkaufmann.

Der Kontakt zu Nico ist leider nach nur vier Briefen eingeschlafen. Ich erfahre aber noch, dass Nico den Fußballverein verlassen hat – sehr zum Unmut seiner Familie. Aber Ballett ist ihm wichtiger und so hat er sich dazu entschieden, auf ein Internat zu wechseln.

Auch von Hannes und Jessica muss ich leider Abschied nehmen. Ihre Familie zieht um – nach Mecklenburg-Vorpommern. Und ich verliere dadurch meine besten und einzigen Freunde. Sie versprechen, ab und zu in den Ferien wieder vorbei zu kommen. Schließlich wohnen ja ihre Großeltern noch immer hier. Keine Ahnung, wie ich jemals wieder solche Freunde finden soll.

Einzelnen meiner ehemaligen Mitschüler aus der Realschule begegne ich nur noch zufällig in der Kreisstadt beim Einkaufen oder auf Dorffesten der Umgebung. Ich suche allerdings auch nicht aktiv nach Kontakt zu ihnen. Wir haben uns sowieso nicht viel zu erzählen. Die meisten halten mich noch immer für einen Aussätzigen, vor allem weil ich an Rainers Versagen in der Abschlussprüfung eine gewisse Mitschuld trage.

Für mich beginnt ein neuer Abschnitt.

Geld stinkt manchmal schon

In der letzten Woche vor dem Beginn der Ausbildung gehen Mutti und ich shoppen. Ich brauche Hemden, Krawatten, Anzüge und schicke Schuhe. Meinen bisher einzigen Anzug kann ich ja nicht jeden Tag tragen. Etwas Abwechslung muss her. Und dafür lassen wir etliche Hunderter liegen. Einen Bruchteil davon werde ich mit meinem ersten Gehalt zurückzahlen.

Außerdem wird mir das Taschengeld gestrichen. Stattdessen darf ich von meiner Ausbildungsvergütung monatlich 150 Mark auf einen Bausparvertrag einzahlen.

So sieht also der Ernst des Lebens aus.

Am ersten Tag bin ich tierisch nervös. Mit mir fangen noch zwei weitere Jungen ihre Ausbildung zum „Banker" an. Carsten und Tobias. Sie wohnen beide im selben Ort. Gerüchten zufolge spielt Carstens Vater gelegentlich mit dem Vorstand der Bank Golf. Außerdem sitzt eben dieser Vater im Kontrollgremium der Genossenschaftsbank.

Wenn hier mal kein Vitamin B im Spiel war.

Nach der Einführung für neue Azubis und weiterem Papierkram führt uns der Ausbildungsleiter durch das Hauptgebäude der Bank. Er stellt uns den einzelnen Mitarbeitern aus dem Rechnungswesen, dem Service und der Kreditabteilung vor.

Wir bekommen unseren Ausbildungs- und Einsatzplan ausgehändigt. Berufsschule haben wir donnerstags und alle zwei Wochen freitags. Dazu gibt's auch die Berichtshefte, die wir wöchentlich ausfüllen und vom jeweiligen Ausbilder unterschrieben abgeben müssen.

Carsten kommt anfangs in die Kreditabteilung, Tobias ins Rechnungswesen. Ich werde in einer der Zweigstellen eingesetzt. Alle drei bis sechs Monate wechseln wir den Bereich, so dass wir – bis auf Vorstand und Sekretariat – in den kommenden zweieinhalb Jahren alle Abteilungen der kleinen Bank durchlaufen werden. Bereits am Nachmittag werde ich von Herrn Berger, unserem Ausbildungsleiter, zur Zweigstelle gefahren.

Sie liegt zwar auf meinem Weg zur Arbeit, ist aber mit öffentlichen Verkehrsmitteln kaum zu erreichen. Im Anzug sieben Kilometer bergauf Radfahren kommt eher nicht in Frage. Aber er hat bereits eine Lösung parat.

„Eine Kollegin aus Ihrem Wohnort fährt jeden Morgen in die Hauptstelle und könnte Sie mitnehmen."

Auch wenn ich dann schon eine halbe Stunde vor offiziellem Arbeitsbeginn da wäre, bin ich mit dieser Variante einverstanden. Damit ich nicht in der Kälte oder im Regen warten muss, bekomme ich sogar einen Schlüssel. Außerdem sei dies weniger gefährlich.

Die Absprache mit der Kollegin klappt prima und so stehe ich jeden Morgen um kurz vor sieben im Bankgebäude und bereite die Arbeitsplätze für meine Kolleginnen vor. Die Filialleiterin Frau Funkel schlägt vor, mich zwar mit meinem Vornamen anzusprechen, aber dennoch „Sie" zu verwenden, während mich die beiden anderen Kolleginnen duzen. Als junger Hahn im Korb genieße ich allerdings keinerlei Privilegien.

Ist ja auch nicht wichtig.

Die Tage sind meist gleich aufgebaut: Einsortieren der Kontoauszüge und Belege in die Kontofächer, Abstimmen von Listen, Eröffnen der Kasse und natürlich Bedienen der Kunden. Die Mittagspause verbringe ich mangels Transportmittel in der Bank – ebenso wie meine Chefin. Oft verstrickt sie mich dabei in Gespräche über ihr zweitliebstes Thema: Die Bibel!

„Sie müssen die Bibel unbedingt mal lesen, Marek", flötet sie ein ums andere Mal.

In jeder geraden Woche fahren Petra und ich montags, dienstags und mittwochs zu den Kunden nach Hause. Viele von ihnen sind Landwirte und schaffen es zeitlich nicht, zur Bank zu fahren. Für mich bedeutet dies dann allerdings mehrmals täglich Konfrontation mit Hunden. Warum müssen diese Viecher nur immer an einem hochspringen? Und das bei dem Dreck, der auf den Höfen rumliegt.

Von wegen Geld stinkt nicht – und wie!!

Jeden Donnerstag fahre ich in die Kreisstadt des Nachbarlandkreises zur Berufsschule. Dort fährt wenigstens morgen und abends ein Linienbus. Obwohl Semice genauso ländlich liegt, fahren dort die Busse wesentlich häufiger. Und die Preise sind natürlich ganz anders dimensioniert. Um meinen Anschluss zum Berufsschulzentrum zu erwischen, muss ich am Busbahnhof in nur 3 Minuten umsteigen. In meiner Klasse sind auch zwei ehemalige Mitschüler aus meiner Realschule.

Vielen Dank auch!

Vier Wochen nach Beginn der Ausbildung – ich kann schon die Kontonummern der wichtigsten Kunden auswendig – steht der Betriebsausflug an. Das erste Oktoberwochenende fährt die gesamte Belegschaft in die Stadt der Liebe – Paris. Die Kosten werden durch die Bank getragen, so dass ich nur etwas Taschengeld benötige.

Schon die Hinreise ist absolut chaotisch: der Reisebus ist defekt – es kommt ein Ersatzfahrzeug; wir stehen vier Mal im Stau, und sind noch nicht einmal an der Ländergrenze angekommen. Bei der Rast kurz hinter der Grenze haben wir nur 10 Minuten Zeit, damit wir die Weinprobe nicht verpassen. Diese hat nämlich unser Vorstand für uns Mitarbeiter organisiert, um die Anreise zu versüßen. Der Weg zum Weingut ist jedoch gesperrt. Ein Erdrutsch hat vor drei Tagen Teile der Straße weggespült.

Das Hotel in der Rue Godefroy Cavaignac ist auch nicht das, was es laut Prospekt wohl hätte sein sollen. Immerhin hat das Restaurant nebenan noch geöffnet, um unsere hungrigen Mägen zu füllen. Am darauffolgenden Tag schleift man uns durch den Louvre, vorbei an den Geschäften auf der Champs-Élysées, das Centre Pompidou und hinauf zur Kirche Sacré-Cœur auf dem Montmartre.

Ich erlebe ein Déjà-vu, war ich doch erst vor knapp einem Jahr hier. Aber die Stadt hat dennoch nichts von ihrem Charme eingebüßt.

Das Abendessen – auf eigene Kosten – nehmen wir in einem marokkanischen Restaurant auf dem Montmatre ein. Im kleinen Gastraum stehen mehrere Tische mit Papiertischdecke und jeweils vier Stühlen. Wir sind zehn und schieben mehrere Tische zusammen. Das Essen ist köstlich und kostet für Pariser Verhältnisse nicht sehr viel. Als wir zahlen wollen, kritzelt der Inhaber die Summen auf das Tischtuch. Frau Funkel verlangt nach einer Quittung, da sie zu Hause immer alle Ausgaben belegen müsse. Prompt reißt der Mann einen Teil der Papiertischdecke heraus und drückt ihr den Fetzen in die Hand.

Köstlicher Gesichtsausdruck!

Auch der Folgetag besteht aus Museums- und Parkführungen. Den Nachmittag dürfen wir in kleineren Gruppen auf eigene Faust gestalten. Bevor wir uns trennen, hält der Vorstandsvorsitzende noch einen kurzen Vortrag über das anschließende Abendprogramm.

„… bitte finden Sie sich um genau 18:50 Uhr vor dem Restaurant ein. Wir erlauben uns, Sie als Ausgleich für das Debakel mit der Weinprobe zu einem gemeinsamen Abendessen einzuladen …"

Es sind tatsächlich alle Mitarbeiter pünktlich und auch ordentlich angezogen. Das Restaurant in der Rue de Charonne sieht teuer aus. Wir sitzen an einer großen Tafel und bekommen insgesamt neun Gänge serviert. Alle sind aber derart winzig, dass wir danach noch immer Hunger haben. Und so beschließt ein Teil von uns, sich anderswo noch zu verköstigen. Nur knapp fünfhundert Meter entfernt finden wir einen Irish Pub, in dem nicht nur lecker gegessen werden kann.

Was Banker auf Betriebsausflügen wegtrinken können, hätte ich nicht gedacht. Den Heimweg ins Hotel – eigentlich nur knapp 900 Meter – können viele nicht mehr zu Fuß zurücklegen. Die meisten gestoppten Taxis fahren weiter, als sie den Zustand meiner Begleiter bemerken. Schließlich laufen wir doch zum Hotel. Ich freue mich auf mein Bett und die morgige, lange Heimreise.

Am Montag fahre ich wieder gemeinsam mit meiner Kollegin zur Arbeit. Der Betriebsausflug ist allerdings nur kurz Thema. Ich darf wieder mit Petra zu den Bauern hinaus. Aber ich habe dazu gelernt und trage nun sicherheitshalber einen Anzug, den wir bereits vor über einem Jahr gekauft haben. Er ist dunkelbraun und gefällt mir überhaupt nicht. Um den ist's nicht schade. Und da wir immer zu anderen Kunden fahren, fällt es nicht auf, dass ich drei Tage lang den gleichen Anzug trage. Außer Petra.

Die Ausbildung macht sehr viel Spaß. Ich lerne eine Menge Leute kennen und habe Freude daran, sie bei ihren Bankgeschäften zu unterstützen. Kleinere Beratungen darf ich unter Aufsicht meiner Kolleginnen auch schon durchführen. Auch wenn es dabei meist nur um Kontoeröffnungen geht. Meine Chefin ist immer wieder über mein Zahlengedächtnis erstaunt. Kann ich doch nix dafür, wenn die so in meinem Kopf rumschwirren.

Meine Leistungen in der Berufsschule sind allerdings eher mittelmäßig. Aber auch die beiden anderen sind nicht so berauschend. Viele Sachen langweilen mich und ich habe keine Lust, mich nach einem langen Arbeitstag noch mit Schulzeug zu beschäftigen. Es ist eine gewaltige Umstellung von 7:30 Uhr bis 16:30 Uhr arbeiten zu müssen, statt von bis gegen 14 Uhr Schule zu haben.

Immerhin ist jeden Mittwochnachmittag frei.

Gehen Sie ruhig tanzen

Den nutze ich seit etlichen Wochen, um joggen zu gehen. Ja, ich gehe tatsächlich joggen! Ich soll etwas mehr für meine körperliche Fitness machen und auf meine Ernährung achten, hat unser Hausarzt gesagt. Ich bin jetzt nicht fett oder so, aber ein paar Kilo weniger und mehr Bewegung würde mir durchaus gut tun.

Neulich hatte ich stechende Schmerzen in der Brust und Schwierigkeiten beim Atmen. Die Symptome hatte ich mit 11 oder 12 schon einmal und das war auch damals ziemlich beängstigend. Also ab zum Doktor und einmal gründlich durchchecken lassen.

Da ich gern aus Frust allerlei Süßes in mich reinstopfe, muss ich nun einiges ändern. Und so jogge ich nun jede Woche mittwochs und sonntags durch den Wald am Sportplatz. Ich habe eine schöne Strecke gefunden, die – wenn ich sie einmal komplett laufe – knapp sieben Kilometer ergibt. Natürlich renne ich nicht gleich die gesamte Strecke. Zunächst jogge ich zwei bis drei, später dann steigere ich mich auf vier und fünf Kilometer, bevor ich schließlich die gesamte Runde laufe.

Ich hätte nie gedacht, dass Sport Spaß macht!

Die frische Luft und die Bewegung tun mir tatsächlich gut. Und die meist kühle Waldluft ist genau richtig zum Laufen. Der Waldboden ist meist angenehm weich und federt meine Schritte. Vor allem aber bin ich ungestört. Ich laufe sogar bei leichtem Regen und Schnee. Allerdings regt das Joggen auch meinen Appetit an. Mein Gewicht nimmt zwar nicht zu, aber leider auch nicht ab. Zumindest nicht so, wie ich es mir erhofft habe. Ich reduziere die Größe meiner Mahlzeiten. Statt zwei Brötchen zum Frühstück gibt es nur noch eins, auch das Mittagessen wird kleiner. An manchen Tagen gehe ich sogar hungrig ins Bett.

Meine Ausbildung läuft nun schon sechs Monate und die Zeit in der Zweigstelle ist fast vorüber. Jeden zweiten Freitag fahre ich mit dem Linienbus von der Berufsschule zur Zweigstelle, ziehe mich dort im Beratungszimmer um und bediene bis zum Feierabend die Kunden. Den Anzug habe ich immer schon am Vortag hinterlegt. Viele der Kunden kenne ich nun schon persönlich und kann sie mit ihrem Namen ansprechen. Vor allem die Kinder sind immer erfreut, wenn ich weiß, wie sie heißen.

Gut, manche sind auch nur überrascht.

Eine Woche nach meinem 17. Geburtstag werde ich ins Rechnungswesen in der Hauptstelle versetzt. Ich beginne nun schon um 7 Uhr morgens, dafür habe ich aber auch schon früher aus. Parallel beginne ich mit dem Autoführerschein und hoffe, damit in wenigen Wochen oder Monaten fertig zu sein. Ich möchte nicht ständig von meiner Kollegin Angelika abhängig sein.

Zum Abschied schenkt mir Frau Funkel eine illustrierte Kinderbibel mit Widmung.

Lieber Marek!

Möge unser Herr Jesus Christus Sie auf Ihrem weiteren Wege begleiten und Ihnen ein rechtschaffenes, vom Glauben erfülltes, Leben ermöglichen.

Ihre Alfriede Funkel

Die ersten Tage in der neuen Abteilung muss ich mich erst einmal eingewöhnen. Wir haben hier zwar keinen Kundenkontakt, dafür aber jede Menge Listen, Auszüge und Primanoten zu kontrollieren und zu verteilen. Die

Koffer für die Zweigstellen müssen spätestens halb acht fertig sein, damit sie pünktlich ausgeliefert werden können. Danach müssen Schlüsselblätter und Überweisungen, Ein- und Auszahlungen und Umbuchungen unserer Offline-Zweigstellen erfasst werden. Damit bin ich meist bis zum frühen Nachmittag beschäftigt.

Jeden Morgen um kurz vor halb Neun schnappe ich mir aus der Teeküche einen Einkaufskorb und einen Zettel. Dann klappere ich jedes Büro ab, um die Wünsche meiner Kollegen für ihr zweites Frühstück abzufragen. Die weiß ich bei den meisten schon bald auswendig. So nimmt unser Vorstandsvorsitzender immer ein Laugenbrötchen mit exakt vier Scheiben Putensalami und einen Apfel-Birne-Joghurt. Der Schalterleiter bekommt einen LKW – also ein Brötchen mit warmem Leberkäse - und der Chef der Kreditabteilung eine Körnerstange mit geräuchertem Schinken und Salat. Gut, dass es die bei der Metzgerei Honig schon fix und fertig zu kaufen gibt.

Schnell habe ich mir eine Tour für die einzelnen Geschäfte festgelegt: Erst der Supermarkt gegenüber, dann zur Bäckerei Fritz am Ende der Straße und zum Schluss noch zum Metzger Honig auf der Hauptstraße. Unsere Wünsche sind dort auch schon längst bekannt, was die Bestellung ungemein beschleunigt.

Den meisten Kollegen lege ich die Sachen nach meiner Rückkehr direkt auf den Schreibtisch und kassiere gleich ab. Oftmals brauche ich aber bis zum Nachmittag, um von allen das Geld einzusammeln. Wenn sie gerade eine Beratung oder andere Termine haben, notiere ich mir ihre „Schulden" auf einem Zettel, um später einzutreiben. Beim Vorstand zahlt die Sekretärin.

Manchmal bekomme ich sogar Trinkgeld.

Meine Diät und das Trainingsprogramm setze ich fort. Ich kann bereits erste Erfolge verbuchen. Insgesamt fünf Kilo sind schon gepurzelt und ich fühle mich durch das

Laufen wesentlich wohler in meiner Haut. Hin und wieder gehe ich mit Carlo, einem Jugendfußballtrainer unseres Dorfvereines, ein drittes Mal joggen. Ich helfe ihm auch gelegentlich beim Training der E-Jugend, obwohl ich ja von Fußball eigentlich null Ahnung habe.

Habe mir Bücher darüber besorgt.

Eine Strecke von sieben Kilometern – oder zehn mit Carlo - macht mir nichts mehr aus. Allerdings lasse ich nun immer öfter einzelne Mahlzeiten aus.

Meist das Frühstück.

An einem Mittwochmorgen werde ich nach der Einkaufstour für die Kollegen von meiner Abteilungsleitern in die Kreditabteilung geschickt.

„Herr Käfer hat einen Auftrag und im Moment sind alle Mitarbeiter seiner Abteilung beschäftigt", erklärt sie.

Ich laufe die Treppen hinab in den hinteren Teil des Gebäudes, in dem sich die Kreditabteilung befindet. Dort werde ich bereits erwartet.

„Marek, Sie müssten mir bitte beim Notaren Schulz eine neue Packung Kreditschlüssel besorgen. Es ist Quartalsanfang und wir müssen sie austauschen."

Klingt plausibel, schließlich ist Monatserster. Und wieso sollte ich an den Worten eines langjährigen Bankangestellten zweifeln. Mit der Adresse auf einem Schmierzettel laufe ich drei Straßen weiter zum Büro des Notars. Seine Assistentin drückt mir einen Karton in die Hand. Der ist verdammt schwer. Wie viel wiegt bitte so ein Kreditschlüssel oder sind das mehrere?

Mit dem schweren Karton laufe ich zurück zur Bank. Herr Käfer ist hocherfreut – zumindest interpretiere ich sein strahlendes Lächeln so. Als ich durch das Bankgebäude laufe, lächeln mich alle Mitarbeiter an.

Okay, irgendwas ist hier falsch!

Und dann fällt es mir wie Schuppen von den Augen! Es ist nicht nur Monatserster – es ist sogar Quartalserster. Ich wurde kräftig in den April geschickt. Bisher ist das noch niemandem gelungen. So ein Mist!

Zurück im Büro kann ich es noch immer nicht fassen, dass ich verarscht wurde und stürze mich auf einen Stapel Schlüsselblätter. Meine Finger huschen über die Tastatur. Eine Zeitlang sind nur die Tastenanschläge zu hören. Weil ich einen Eintrag nicht genau lesen kann, gehe ich nach nebenan und frage Angelika. Ich soll per Fax in der Zweigstelle nachfragen.

Auf dem Rückweg zu meinem Arbeitsplatz stoße ich mir den rechten Ellenbogen an der Tür.

Ich drücke den Knopf des Gerätes …

… dann wird es plötzlich Nacht.

„Marek … hey Marek … wach auf!"

Als ich wieder zu mir komme, bin ich ziemlich verwirrt. Was zur Hölle machen Angelika und meine Chefin in meinem Zimmer? Beide Frauen beugen sich über mich. Ihr Blick ist besorgt. Warum tut mein Kopf so weh? Und wieso liege ich auf dem Boden?

Meine Abteilungsleiterin seufzt erleichtert: „Gut, dass Sie wieder bei uns sind, Herr Daniel."

„Das war echt ein mieser Scherz", mahnt Angelika.

„Was …?"

Sie erklärt weiter: „Wir haben nur einen dumpfen Schlag gehört. Dachten erst, dir wäre etwas runtergefallen. Bis du uns nicht geantwortet hast."

„Oh."

„Wir versuchen schon seit gut drei Minuten dich wieder wach zu bekommen!"

„Was … ?!"

Ich schaue mich um. Ich liege rücklings auf dem Boden. Aber nicht in meinem Zimmer, sondern im Büro. Kopf Richtung Aktenschrank, Schlüssel verbogen, Aktenordner neben mir verstreut. Das Formular liegt noch im Faxgerät.

„Was ist denn überhaupt passiert?"

Vorsichtig tastet sie meinen Kopf ab. Auch die schmerzende Stelle am Hinterkopf.

„Das … das wissen wir nicht … aber Sie bluten."

Ihre Finger sind rot und mir wird schon wieder etwas schwindelig. Vorsichtig helfen mir die Frauen, mich aufzurichten. Ich lehne mich an den Schrank, aufstehen kann ich jetzt noch nicht. Schnell sind sie sich einig, dass ich zum Arzt muss – Angelika soll mich bringen.

Etwas wackelig laufen wir die Treppen hinab zu ihrem Auto. Sie fährt mich zu einem Arzt im Ort. Die Wunde am Kopf blutet ziemlich stark. Dort angekommen müssen wir erst einmal warten. Ausreichend Zeit, den erforderlichen Papierkram zu erledigen. Bürokratismus pur – vor allem, weil es ein Arbeitsunfall ist. Ich versuche derweil zu rekonstruieren, was passiert sein muss.

Aua, Nachdenken tut ziemlich weh.

Wenig später sitze ich im Behandlungszimmer. Mit ein paar Stichen flickt der Arzt meinen Kopf zusammen. Mir wird schon beim Gedanken an die Nadel schlecht.

„Junger Mann, gönnen Sie sich heute noch etwas Ruhe und wenn es morgen nicht besser ist, da ebenfalls."

„In Ordnung. Kann ich arbeiten gehen?"

„Nein, ich schreibe Sie für den Rest der Woche krank. Nächste Woche können Sie wieder arbeiten gehen."

Ich nicke zustimmend.

„Was ist mit Sport?"

„Gehen Sie ruhig tanzen, Tennis spielen oder reiten, aber auf keinen Fall schwimmen."

An Angelika gerichtet fährt er fort: „Er sollte heute noch eine Zeitlang beobachtet werden und auf dem direkten Weg nach Hause."

„Wir haben sowieso schon Feierabend."

Auf dem Heimweg überlege ich, dass ich daheim keine Beobachtung haben würde, bis meine Familie am Abend nach Hause käme.

„Kannst du mich bitte zu Carlo fahren?"

„Klar, machen wir."

Angelika setzt mich beim Haus des Trainers ab und begleitet mich bis zur Tür. Seine Frau Larissa öffnet.

„Was ist denn mit dir passiert?"

„Das weiß ich noch nicht so genau. Bin auf der Arbeit umgekippt und hab mir den Kopf aufgeschlagen."

„Andere verbiegen Löffel, er Schlüssel."

Beide Frauen grinsen über Angelikas Bemerkung.

„Du machst Sachen, komm rein."

Die nächsten Stunden verbringe ich in Larissas Gästezimmer, bis mich meine Mutter am Abend abholt. Gemeinsam spazieren wir zu unserem Haus.

Endlich unabhängig mobil

In den Tagen nach dem kleinen Unfall ändere ich meinen Diätplan. Ich will zwar weiterhin weniger essen, lasse aber keine der Mahlzeiten einfach ausfallen. Auch gehe ich weiterhin regelmäßig joggen.

Priorität genießt nun der Führerschein. Jeden Mittwoch habe ich eine Doppelstunde, um möglichst bald das begehrte Stück Papier in den Händen halten zu können. Da die Anbindung mit öffentlichen Verkehrsmitteln so mies ist, habe ich eine Ausnahmegenehmigung erhalten. Ich darf – so ich die Prüfungen bestehe – alle berufsbedingten Strecken allein fahren. Sogar zur Berufsschule.

Meine Fahrlehrerin Sabrina ist ziemlich streng und doch geduldig. Bei einem Preis von 60 bis 75 Mark pro Fahrstunde sollte sie das auch. Sie quält mich durch den Feierabendverkehr in der Kreisstadt, lässt mich am Berg anfahren, rückwärts einparken, jagt mich über die Autobahn und durch die Sträßchen in unserem Ort.

In den vielen Testbögen habe ich meist einen, maximal zwei Fehler. Und fahrerisch stelle ich mich laut Sabrina ganz gut an. Deshalb hat sie mich auch schon für Anfang Mai zur Prüfung angemeldet.

An einem Montagmorgen – ich habe mir Urlaub nehmen müssen – sitze ich mit 13 anderen mehr oder weniger nervösen Prüflingen im Lehrsaal der Fahrschule. Vor uns liegen die Prüfungsbögen. Ich werde unruhig.

Erst nach fast einer Stunde steht fest, wer überhaupt zur praktischen Prüfung antreten darf. Ich gehöre dazu; muss aber noch bis kurz vor 11 Uhr warten. Dann bin ich endlich dran. Leicht nervös gehe ich hinüber zum Fahrzeug, wo meine Fahrlehrerin und der Prüfer schon auf mich warten. Er nimmt auf dem Rücksitz Platz. Ich drehe mich zu ihm um und strecke ihm meine Hand entgegen.

„Guten Morgen, mein Name ist Wurst."

„Guten Morgen! Angenehm, Daniel."

Während ich mich anschnalle und alles auf meine Größe einstelle, höre ich ihn mit Sabrina reden.

„Eigentlich, Frau Hirth, sollte man in dem Alter doch wissen, dass man den Nachnamen nennt."

„Eigentlich, Herr Wurst, sollte man den Nachnamen vom Prüfungsbogen lesen können."

Die Fahrlehrerin sieht mich erst entsetzt an, dann dreht sie ihr Gesicht nach vorn, damit Herr Wurst ihr breites Grinsen nicht sehen kann. Sein Gesichtsausdruck bedeutet jedoch nichts Gutes. Hätte ich doch besser meine Klappe gehalten. Er starrt gebannt auf den Prüfungsbogen und öffnet den Mund.

„Nun, Herr Daniel. Bereit, wenn Sie es sind."

Die nächsten 30 Minuten jagt er mich durch die engsten Straßen und über die fiesesten Kreuzungen. Von hinten kommen wortkarge Anweisungen, wohin ich als nächstes fahren soll. An einer Einmündung, die in einem Winkel von exakt 282 Grad – wir mussten das im Mathematik-Unterricht bei Herrn Hirschhauer mal errechnen – auf die Hauptstraße trifft, stoppe ich vorschriftsgemäß. Er weist mich an, nach links abzubiegen. Als ich wieder langsam anfahre, richtet Herr Wurst das Wort an mich.

„Nun, Herr Daniel. Fahren Sie rechts ran und steigen Sie aus. Für Sie ist das heute gelaufen."

Das Ende der Prüfung kommt überraschend. Verwundert sehe ich zunächst Herrn Wurst im Rückspiegel, dann Sabrina auf dem Beifahrersitz an. Sie schaut nicht minder verdutzt. Dennoch suche ich die nächste Möglichkeit, um wie verlangt anzuhalten. Ich steige aus und grüble über die Fehler, die ich gemacht haben könnte.

Ich habe doch alles richtig gemacht!

Sabrina redet angeregt mit dem Prüfer, der von seiner Meinung nicht abzubringen ist. Er bleibt dabei: Marek Daniel hat den Führerschein nicht bestanden. Auf dem Rückweg zum Sammelpunkt, wo Herr Wurst den nächsten Prüfling in Empfang nimmt, fährt Sabrina. Ich habe auf dem Beifahrersitz Platz genommen und grüble noch immer vor mich hin. Vielleicht hätte ich vor der Prüfung doch nicht so vorlaut sein sollen. Kaum ist der Prüfer weg, verlange ich von meiner Fahrlehrerin Aufklärung.

„Warum bin ich durchgefallen?"

„Ich weiß auch nicht genau. Er sagte, du hättest bis zur Kreuzung Spital- und Ringstraße fast alles richtig gemacht. Nur ein paar Kleinigkeiten."

„Und dann ... ?"

„Dann hättest du beim Anfahren einen Fußgänger übersehen und beinahe überfahren. Die Frau hätte gerade noch zurückweichen können."

„Da war kein Fußgänger! Ich habe keinen gesehen."

„Ich eigentlich auch nicht."

„Und das geht einfach so?"

Sabrina nickt und legt tröstend den Arm um mich. Ich nehme meine Sachen und laufe zur Bushaltestelle. Dort steige ich ihn den nächsten Bus nach Hause. Vati interessiert es nicht einmal. Vielleicht hat er ja damit gerechnet. Mutti regt sich fürchterlich auf.

Zwei Wochen und sechs Doppelstunden später versuche ich es erneut. Ich bin ein nervöses Wrack, habe kaum geschlafen und zittere am ganzen Körper. Nach nur sieben Minuten ist auch diese Prüfung vorbei. Dieses Mal aber auch für mich nachvollziehbar.

Regine, eine meiner Kolleginnen im Rechnungswesen, schlägt vor, bis zu nächsten Prüfung ein homöopathisches Mittel zur Beruhigung zu nehmen. Es wirkt tatsächlich. Das ganze Geschwätz meiner Kollegen und anderer Bekannter nervt tierisch und regt nur zusätzlich auf.

Beim meinem dritten Prüfungstermin Mitte Juni wirke ich laut Sabrina und Prüfer wie ein Zombie. Bislang habe ich fast 2600 Mark für den Führerschein investiert. Was nicht zuletzt an den Gebühren für die weiteren Prüfungen und die ungeplanten Fahrstunden liegt. Stur absolviere ich das von mir verlangte Programm. Der Prüfer ist sich allerdings sicher, dass ich kaum etwas vom Straßenverkehr mitbekommen habe und lässt mich durchfallen. Nun muss ich drei Monate pausieren.

Ganz toll gemacht, Marek!

Im September ist es dann endlich wieder soweit. Dieses Mal erzähle ich weder meiner Familie noch meinen Arbeitskollegen von der bevorstehenden Prüfung. Entspannt, auch ohne Mittelchen, gehe ich zum Termin. Als ich jedoch den heute zuständigen Prüfer entdecke, wird mir angst und bang: Vor mir steht Herr Wurst.

„Herr Daniel, wie ich sehe wollen Sie es heute noch einmal wissen."

„Guten Morgen, Herr Wurst."

„Nun, Sie kennen das ja bereits."

Ich steige ins Auto, stelle alles für mich passend ein und schnalle mich an. Dann jagt er mich wieder durch die Stadt. Die Kreuzung an der Spitalstraße lässt er mich ganze dreimal abfahren. Ich schaue lieber einmal mehr, ob nicht vielleicht doch irgendwo jemand läuft. Nach nur 22 Minuten ist der Spuk dann vorbei.

Sabrina grinst über beide Ohren. Mein Gesicht glüht.

„Herzlichen Glückwunsch zum Führerschein."

Ich fahre den Wagen noch zurück zum Sammelpunkt. Dort drückt er mir den ersehnten Schein in die Hand. Für den Heimweg bin ich allerdings noch einmal auf den Bus angewiesen. Ab dem Tag darauf darf ich nun mit dem Auto fahren – allein mit Muttis altem Ford.

Ich fühl mich wie ein ganz Großer.

Warum nicht gleich so?!

Goldi gehört nur mir

In den nächsten Wochen wechsle ich mich beim Fahren mit Angelika ab. Eine Woche fährt sie, die andere ich. So teilen wir uns die Fahrkosten. Und ich bekomme Fahrpraxis unter Aufsicht einer erfahrenen Lenkerin. Nur wenn ich Berufsschule habe, fahre ich allein. Aber selbst in die Kreisstadt zu fahren, macht mir nichts aus. Ich bin so außerdem wesentlich schneller wieder zu Hause – die langen Wartezeiten am Bahnhof entfallen.

Zu Beginn der Sommerferien besuche ich Hannes bei seinen Großeltern. Er hat sich für zwei Wochen angekündigt. Das letzte Mal war er in den Osterferien da. Damals habe ich ihn aber verpasst. Wir haben ausgemacht, dass wir wieder Zeit miteinander verbringen wollen.

Als ich bei ihm ankomme, werde ich durch ein selbstgemaltes Schild direkt zur Gartenlaube hinter das Wohnhaus gelotst. Hannes liegt rücklings auf der Wiese und bräunt sich. Er trägt eine kurze Hose mit Tarnfleck, sein Oberkörper ist entblößt und glänzt in der Sonne. Auf seiner Nase ruht eine dunkle Sonnenbrille mit blauem Rahmen. Seine ehemals dunkelblonden Haare trägt er nun als knallbunten Irokesenschnitt.

„Hey Hannes!"

„Marek, altes Haus, wie geht's dir?"

„Ganz gut und selbst?"

„Unkraut vergeht nicht."

Er umarmt mich zur Begrüßung recht stürmisch und führt mich hinüber zur Laube. Dort öffnet er ein Bier und setzt die Flasche an seine Lippen. Dann bietet er auch mir einen Schluck an. Ich lehne ab.

„Du trinkst noch immer nicht?"

„Nein."

„Hab drin irgendwo Wasser … und Spezi."

Durch das Fenster kann ich in das Innere der Hütte schauen. Neben dem kleinen runden Tisch stehen zwei Klappbetten mit Schlafzeug. Auf dem Boden liegen offene Taschen, einzelne Kleidungsstücke und jede Menge leere Flaschen. Ein richtiger Saustall! Im hinteren Bett kann ich im Halbdunkel einen blonden Haarschopf entdecken.

„Pennt Jessi etwa noch immer?"

Hannes schüttelt den Kopf.

„Deine Freundin?"

„Nee, hab keine!"

Er fläzt sich grinsend in einem Korbsessel und nuckelt weiter an seiner Flasche. Mit den Füßen stößt er die Tür auf und zeigt nach innen. Vorsichtig gehe ich hinein. Als ich im Halbdunkel über eine der Taschen stolpere, dreht sich die Person im Bett plötzlich um.

Hammer! Diese grünen Augen!

Aus dem Bett starrt mich ein unbekannter Junge entsetzt an. Er ist ungefähr in Hannes Alter, seine schulterlangen Haare sind völlig zerzaust. Hat sicher nicht mit einem Besucher gerechnet. Und wenn, dann mit Hannes.

„Ähm … hi … ich heiße Marek."

„Hi … Sascha."

Er schiebt die Bettdecke zurück. Darunter ist er völlig nackt. Ich drehe mich voller Scham um und laufe mit hochrotem Kopf hinaus. Hannes kriegt sich vor Lachen kaum ein und fällt beinahe aus seinem Sessel. Ich stehe mit dem Rücken zur Tür und höre leise Fußtritte.

„Hannes, wer ist das?"

„Das ist Marek, mein bester Kumpel hier unten."

„Sorry, dass ich einfach so reingeplatzt bin."

Ich kann mich nicht umdrehen, Sascha ist bestimmt noch immer nackt. Oh man Hannes, in was reitest du mich da nur wieder rein?! Absolut blöde Situation.

Einige Minuten später sitzen wir – alle fast sittsam gekleidet – auf der Wiese und unterhalten uns. Sascha und Hannes gehen auf die gleiche Schule und haben sich so kennengelernt. Während Goldi, so nennt Hannes den blonden Jungen, eher der Gattung Musterschwiegersohn angehört, hat sich Hannes' Einstellung zum Leben nicht geändert. Er genießt es in vollen Zügen. Vor allem, wenn er mit seinem Wesen bei eher rechtsgerichteten Kreisen anecken kann. Auffallen um jeden Preis!

Nachdem ich mich mindestens noch hundert Millionen Mal bei Sascha, also Goldi, entschuldigt habe, kann ich ihm endlich wieder in seine grünen Augen sehen. Er ist supernett und tatsächlich sogar ein halbes Jahr älter als Hannes. Wir verstehen uns sofort prächtig und sind uns einig – die nächsten zwei Wochen rocken wir die Gegend. So gut sich das eben mit täglich Ausbildung bei mir, Party und Ausschlafen bei den beiden bewerkstelligen lässt.

Fast jeden Abend treffen wir uns bei Hannes im Garten oder am Sportplatz. Wir reden über alles, was uns gerade einfällt und uns beschäftigt. Meine Sexualität kann ich aber auch Hannes nicht beichten. Ich habe noch immer zu große Angst vor einer Reaktion. Es fällt mir zunehmend schwerer, andere Menschen einzuschätzen.

Als wäre mir das je leicht gefallen.

Hannes und Goldi albern ziemlich viel herum. Oftmals sogar recht körperbetont. Sie kommen sich dabei meist sehr nahe. Goldi quietscht immer wie ein Meerschweinchen, wenn er gnadenlos von unserem gemeinsamen Freund durchgekitzelt wird.

„Stop, hör auf. Ich kann nicht mehr!"

Selbst wenn er sich japsend ergibt, lässt Hannes erst Minuten später locker. Mit ihrer guten Laune stecken sie mich regelrecht an und ich kann sogar einige Male herzhaft lachen, ohne es nur zu spielen.

Schön, dass Hannes jemanden gefunden hat.

Manchmal wirkt Goldi ebenso unsicher wie ich. Gegen den stets souverän auftretenden Hannes kommen wir beide nicht an. Aber auch der hat seine schwachen Momente und mir kommt es vor, als würde ihn mit dem goldblonden Jungen mehr als Freundschaft verbinden. Vielleicht bilde ich mir das aber auch nur ein. Wie oft habe ich schon vorgestellt, dass Jungs aus meinem Freundeskreis wie ich empfinden könnten.

Wenn ich die beiden so sehe, möchte ich am liebsten mit ihnen nach Mecklenburg fahren. Dort hätte ich dann zumindest sie als Freunde, während ich hier noch immer allein auf weiter Flur bin.

An unserem letzten Abend sitzen wir wieder zusammen und grillen leckeres Fleisch vom Metzger um die Ecke. Während Hannes es sich wieder im Korbsessel bequem gemacht hat, sitzen oder vielmehr liegen wir auf dem Boden. Goldis Kopf ruht auf meinem Bauch. Wir quatschen ausgelassen, bis wir irgendwann auf das Thema Beziehung und leider auch Sex zu sprechen kommen.

Muss das denn wirklich sein?

„Ich hatte in der siebten Klasse eine Freundin, seitdem bin ich Single", erklärt Sascha.

Hannes empört sich: „Single!? Und was ist mit mir?"

„Mit dir? Was soll mit dir sein? Wir sind die besten Freunde – reicht dir das nicht?"

„NUR Freunde?!"

„Hey! Selbst das geht meinen Eltern schon zu weit."

Ich muss zugeben ich bin verwirrt. Läuft da etwa mehr zwischen den beiden? Oder täusche ich mich nur.

„Ich weiß", brummt Hannes.

„Gut, dass du das weißt."

Er steht auf, um sich und Goldi noch ein Bier zu holen. Als er wiederkommt, liegt Saschas Kopf auf meiner Brust und wir grinsen uns an. Hannes kann ja nicht wissen, dass er mir gerade einen guten Witz erzählt hat.

„Seitdem wir hier sind, hängst du nur an Marek."

„Naja, eher auf mir", grinse ich.

„Warum nur, Goldi!?"

„Tja, Marek ist kuscheliger. Nicht so dürr wie du."

Würde ich nicht sowieso schon am Boden liegen, würde ich es spätestens jetzt vor Lachen tun. Hannes' Gesichtsausdruck ist unbeschreiblich – eine Mischung aus Entsetzen, Trauer und gespieltem Desinteresse.

„Pfff … kuscheliger … ich bin nicht dürr!"

Sascha schlägt vor: „Probiere doch mal seinen Bauch. Der ist sowas von bequem."

Hannes legt sich tatsächlich zu uns. Nun liegen zwei 16-jährige Burschen mit ihren Köpfen auf meinem Bauch. Auf Dauer sind sie verdammt schwer. Ich kann mich durch ihr Gewicht kaum bewegen und so langsam tut auch mein Zwerchfell vom vielen Lachen weh. Weiß gar nicht, wann ich zuletzt so gut drauf war.

„Joa, ist ganz ok. Aber bisschen arg wackelig."

Dann blitzt mich Hannes mit funkelnden Augen an.

„Finger weg, Goldi gehört mir!"

Sascha bricht in schallendes Gelächter aus. Er kugelt sich auf dem Boden und bekommt kaum noch Luft. In seinen Augen sammeln sich die ersten Tränen. Sicherheitshalber frage ich nach: „Bitte was?"

„Ich sagte: Finger weg, Goldi ist mein!"

Auf Hannes schlaksigem Oberkörper landen Goldis Handflächen. Es klatscht richtig, wenn Haut auf Haut trifft. Er kann sich noch immer nicht richtig beruhigen. Dann sieht er uns plötzlich beide völlig ernst an.

„Um mal eines ganz klar zu stellen, meine Herren. Ich gehöre keinem von euch beiden."

„Aha?!", fragt Hannes.

„Ihr könnt euch mich doch gar nicht leisten!"

Gelächter hallt durch den Garten. Wir sind so laut, dass Hannes' Opa nach uns schaut.

Er schüttelt nur grinsend den Kopf über uns. Vermutlich denkt er sich: Teenager!

Am nächsten Tag – einem Mittwoch – verabschiede ich mich von ihnen. Sie fahren zurück nach Mecklenburg und keiner weiß, ob und wann ich sie wiedersehen werde. Goldi nimmt mich zum Abschied in den Arm. Er flüstert mir ins Ohr, dass er die zwei Wochen hier toll fand und mein Bauch wirklich sehr kuschelig sei. Auch Hannes nimmt mich fest in seine Arme.

„Mach's gut, Marek. Pass auf dich auf."

„Danke. Du auf dich auch."

„Und schlag dir Goldi aus dem Kopf – der gehört nur mir. Er mag nämlich richtig große Dinger."

Im Hintergrund kichert Goldi.

„Keine Ahnung, was du damit meinst, Hannes. Aber gesehen hab ich bei dir noch nix Großes!"

„Na warte … Du …"

Und schon sind die beiden im Treppenhaus verschwunden. Durch den Flur kann man das Quietschen des menschlichen Meerschweinchens vernehmen. Hannes muss ihn wohl erwischt haben.

Armer, Goldi! Er hat doch keine Chance.

Ich radle schließlich nach Hause und bereite meine Sachen für den morgigen Arbeitstag in der Bank vor. Auch in der Berufsschule sind gerade Ferien und so müssen wir an den Donnerstagen arbeiten gehen. Bisher haben wir uns durch die Schule immer prima vor dem sogenannten Sch-LaDo – Scheiß-Langer-Donnerstag – drücken können. Da ist nämlich bis 18 Uhr geöffnet und das zieht sich.

Krankheitsbedingt bin ich vorübergehend am Schalter eingesetzt. Nicht selten kommen Kunden erst kurz vor Schalterschluss und wollen dann noch Geld oder andere Bankangelegenheiten klären. Auch heute ist das so. Als ein Kunde um 17:50 Uhr die Schalterhalle betritt, sind plötzlich alle anderen Mitarbeiter beschäftigt.

Ich stehe allein an der Theke. Der Kunde kommt direkt auf mich zu. In der Hand hält er einen Stapel Kontoauszüge, die er vor mir auf den Tresen knallt.

„Guten Abend, was kann ich für Sie tun?"

„Ihr habt falsch abgerechnet?"

„Wie meinen?"

„Der Kontoabschluss ist falsch!"

Ich sehe mich um, aber außer mir ist niemand zu sehen. Tolle Kollegen habe ich hier. Scheinbar will keiner diesen Kunden bedienen.

„Mit Ihrem Einverständnis rechne ich das nach."

Ich nehme die Kontoauszüge und rechne die Umsätze nach. Eine knappe viertel Stunde später habe ich das Ergebnis vor mir liegen: Es wurde tatsächlich falsch abgerechnet. Allerdings 22 Pfennige zu unseren Ungunsten. Er prüft meine Rechnung und zieht schmollend ab.

„Das macht der jeden Monat", erklärt eine Kollegin, die unverhofft aus der Versenkung auftaucht.

„Schöner Mist."

Bald ist das Lehrjahr vorüber und ich bekomme meine erste reguläre Gehaltserhöhung. Dann muss ich wie beim allererstein Gehalt meine Familie wieder zum Essen einladen. Immerhin darf ich das Restaurant selbst wählen.

Pocahontas an der Zugspitze

Anfang Oktober laufe ich in der Berufsschule zu meiner großen Überraschung Anton über den Weg. Da es sich eigentlich um eine rein kaufmännische Schule handelt, habe ich nicht damit gerechnet, ihn hier zu treffen. Ich habe gehört, dass er nach der Realschule eine Ausbildung zum Elektriker beginnen möchte.

„Hallo Anton."

„Oh, hi Marek."

Wir sehen uns eine Weile schweigend an. Er hat etwas zugelegt. Breiter ist er geworden, als hätte er im Fitnessstudio trainiert. Die Situation wird langsam unangenehm, weil wir noch immer kein Wort herausbringen. Haben wir uns tatsächlich nichts mehr zu sagen?

Fünf Minuten später trennen sich unsere Wege durch die Schulglocke erneut. Bevor er sich von mir abwendet, blitzt er mich noch einmal mit seinen Bergseeaugen an. Ich könnte noch immer darin versinken. Er lächelt mich an. Dann ist er schon wieder verschwunden.

Alles, was ich in den vergangenen dreizehn Monaten zu vergessen versucht habe, kommt auf einmal wieder hoch. Es trifft mich unvorbereitet. Und es fällt mir schwer, dem Unterricht zu folgen. Immerhin kommt nichts sehr Wichtiges dran. Ich muss mich dennoch beherrschen, um wegen der Gedanken nicht zu weinen. Das wäre aber auch zu peinlich, wenn ich jetzt vor der gesamten Klasse heulen müsste. Die würden es sowieso nicht verstehen.

„Kennst du meinen Cousin?"

Carmen, eine Mitschülerin und Auszubildende bei der Sparkasse, spricht mich in der Pause an. Irgendetwas an ihrem Blick sagt mir, dass sie nicht locker lassen wird.

„Was?"

„Kennst du meinen Cousin? Anton."

„Ja, wir gingen auf die gleiche Schule."

„Dann bist DU sein Freund Marek?"

Ich habe keine Ahnung, was mich erwartet. Ihren Blick kann ich überhaupt nicht einschätzen und wie immer in solch unvorhersehbaren Situationen fühle ich mich plötzlich absolut unwohl. Mein Puls rast, meine Hände beginnen zu schwitzen. Ich lege die Stirn in Falten.

„Muss wohl so sein."

Plötzlich umarmt sie mich.

„Danke!"

„Wofür?"

Sie erzählt, dass Anton selten, aber hin und wieder von einem Marek berichtet habe. Einem tollen Jungen, der ihm in der Schule ständig zur Seite stünde. Seine Eltern wollten ihm nicht recht glauben, weil er gern einmal flunkere. Aber Carmen sei immer davon überzeugt gewesen, dass Anton die Wahrheit gesagt habe.

„Du bedeutest ihm eine ganze Menge."

„Glaubst du?"

„Ich weiß es! Hat er es dir nie gesagt?"

„Was denn … ?"

„Er war in dich verliebt … glaub ich."

Die Schulglocke geht und wir müssen unser Gespräch beenden. Was?! Anton in mich verliebt? Das kann doch alles gar nicht wahr sein. Warum?!

Viel Zeit zum Nachdenken bleibt mir nicht. Im Februar stehen die Zwischenprüfungen an und wir haben noch sehr viel dafür zu tun. Wir Auszubildenden werden nun immer häufiger zu einer Nachbarbank geschickt. Dort finden Prüfungsvorbereitungskurse für die Azubis der vier beteiligten Banken statt. Nun heißt es: pauken, pauken, pauken.

Im Dezember fahren wir für drei lange Wochen nach Grainau am Eibsee in eine Fortbildungseinrichtung der

Genossenschaftsbanken. Unterhalb der Zugspitze bereiten sich hunderte auszubildender Bankkaufleute aus ganz Bayern intensiv auf ihre Prüfungen vor. Aber auch neuer Stoff wird vermittelt. Untergebracht sind wir in Mehrbettzimmern. Ich darf meines mit Carsten und Tobias teilen. Es stört mich nicht. Sie sind eh meist in anderen Zimmern unterwegs, so dass ich meine Ruhe habe.

Da zwei von uns noch minderjährig sind, dürfen wir trotz der Zustimmung unserer Eltern am Wochenende nicht nach Hause. Unser Arbeitgeber hat seine Zustimmung nämlich verweigert – wegen der langen Fahrt und der dadurch entstehenden Kosten. Also bleiben wir hier im Hotelkomplex und verbringen das Wochenende mit Lernen und mit den anderen, die ebenfalls hier bleiben müssen. Lohnen würde es sich sowieso nicht großartig. Denn auch am Samstagvormittag ist Unterricht.

Tobias und Carsten sind darauf vorbereitet und haben ihre Ski- und Snowboardsachen mitgebracht. Ich persönlich halte nicht viel vom Wintersport. Ist ja auch nur Sport. Gut, unten ankommen würde ich auch irgendwie. Allein schon durch die Erdanziehungskraft. Die Frage ist nur, in wie vielen Einzelteilen und welchem Zustand. Außerdem will ich mir gar nicht vorstellen, wie viel Schnee sich durch die Stürze in meiner Unterwäsche sammeln würde.

Der Eibsee in der Nähe des Hotels bietet tolle Möglichkeiten, spazieren zu gehen und auch hinunter in den Ort ist es nicht weit. Die Strecke lässt sich prima zu Fuß bewältigen. Auf dem zugefrorenen Schwimmbecken des Zugspitzbades laufen Kinder Schlittschuhe und spielen Eishockey. Ich bleibe eine Weile dort stehen und schaue den warm eingepackten Kids beim Spielen zu.

Während die beiden Jungen also die Pisten unsicher machen und irgendwelche Mädchen beeindrucken, laufe ich durch das winterlich kalte Grainau oder fahre mit dem Bus nach Garmisch-Partenkirchen.

Im Kino laufen die neuesten Disneystreifen wie „Pocahontas" und für gerade einmal sechs Mark pro Vorstellung kann man sich auch zwei Filme an einem Tag ansehen. Die Fahrt soll sich ja schließlich auch lohnen. Ja, manchmal schaue ich mir auch Zeichentrickfilme an. Im Kino ist's außerdem bequem und warm. Nicht so einsam, wie allein im Hotelzimmer herumzusitzen.

An jedem Wochentag heißt es Frühstück um sieben, Unterrichtsbeginn um acht. Dann Lernen bis zum Mittagessen und nach einer Stunde Pause noch einmal bis fünf Uhr nachmittags. Bis zum Abendessen haben wir dann noch eineinhalb Stunden Zeit für die Hausaufgaben. Danach heißt es dann weiter lernen oder Spaß haben. Je nachdem wie gut man eben in dem Fach ist. Im Prinzip besteht jeder Tag aus lernen und essen.

Wenn wir abends nicht lernen, sehen wir meist fern. Carsten ist des Öfteren für mehrere Stunden verschwunden. Es wird gemunkelt, er lerne sehr intensiv mit Bianca aus einem der Parallelkurse. Und das obwohl er daheim eine Freundin hat. Tobias hingegen verbringt die meiste Zeit auf der Bowlingbahn oder bei Saufgelagen auf anderen Zimmern. Wenn er dann spät nachts zurückkommt, stinkt er meist wie eine ganze Kneipe. Ich liege dann schon im Bett oder wälze meine Ordner.

Gegen Ende der zweiten Woche erwischt mich eine Grippe und ich muss mehrmals zum Arzt. Dadurch gehen mir einzelne Unterrichtsstunden verloren. Um wieder fit zu werden, werfe ich etliche Tabletten ein. Abends bin ich durch die Medikamente dann meist so fertig, dass ich bereits kurz nach dem Abendessen im Bett liege. Trotzdem fahre ich am Wochenende wieder nach Garmisch, um mir noch ein paar Kinofilme anzusehen.

Der Kinderpunsch und die gebrannten Mandeln auf dem Weihnachtsmarkt sind aber auch ganz nett. Man spürt allerdings immer öfter den kalten Wind.

In der dritten Woche müssen wir an jedem Tag zwei Prüfungen der vergangenen Jahre durcharbeiten. Unter prüfungsähnlichen Bedingungen. Außer einem Taschenrechner stehen uns keine weiteren Hilfsmittel zur Verfügung. Am schlimmsten finde ich die Freitextaufgaben.

Obwohl Tobias und Carsten kaum spürbar lernen und jeden Abend irgendwo feiern, gelingt es beiden, hier gute Noten zu schreiben. Meine Leistungen sind mittelmäßig, obwohl ich wesentlich mehr lerne, als ich es damals in der Realschule jemals getan habe.

Ich verstehe die Welt manchmal nicht.

Potenz der Nasenflügel

Die Wochen vor der Zwischenprüfung sind hart. Nicht nur in der Berufsschule und der berufsbegleitenden Ausbildung werden wir nun mit Bögen vergangener Prüfungen bombardiert. Auch in der Bank selbst teilt uns Herr Berger beinahe täglich neue aus, die wir dann am Abend zu Hause bearbeiten und am Morgen abgeben müssen.

Meine Freizeit kommt dadurch viel zu kurz. Nur noch selten schaffe ich es, joggen zu gehen. Durch meine Freundschaft zu Carlo und seiner Familie habe ich Anschluss an den Fußballverein gefunden. Ich unterstütze ihn gelegentlich beim Training der inzwischen elf- und zwölfjährigen. Mit Jüngeren und Älteren komme ich wesentlich besser klar, als mit Gleichaltrigen. Trotz des Altersunterschiedes kann ich manche von ihnen zu meinem überschaubaren Freundeskreis zählen.

Dass ich schwul bin, weiß noch immer keiner.

An einem Samstagmorgen im Februar erwache ich schon sehr früh. Heute ist ein besonderer Tag und trotzdem werde ich ihn nicht außergewöhnlich feiern. Ich werde nur mit der Familie in meinem Lieblingsgasthof essen gehen – den Tisch habe ich bereits reserviert.

Ich werde heute nämlich 18!

Das heißt auch, endlich überall hin fahren zu dürfen. Nicht nur zur Arbeit und zur Schule. Nächste Woche will ich mir von meinem Ersparten einen eigenen PC kaufen. Dann muss ich ihn nicht mehr mit Tonda teilen. Und Internet soll er haben. Dafür lasse ich mir sogar extra einen separaten Telefonanschluss legen.

Doch jetzt heißt es erst einmal die Volljährigkeit feiern. Nach einer ausgiebigen Dusche und Rasur stelle ich mich den Glückwünschen meiner Familie und den zahlreichen Geschenken. Naja gut, zahlreich ist wohl etwas übertrieben. Aber die Menge ist völlig in Ordnung. Schon am Vormittag klingelt immer wieder das Telefon: Verwandte und gute Bekannte rufen an, um mir zu gratulieren. Der Postbote bringt weitere Geburtstagsgrüße.

Da Mutti noch in der Bäckerei arbeiten muss, gehen wir erst am Abend essen. Ich freue mich schon auf das 3-Gänge-Menü, das ich bei Manfred, den Juniorchef meines liebsten Restaurants bestellt habe. Ich kenne ihn von meinen Außendiensten in der Zweigstelle und habe dort bereits mehrere Male gespeist. Sie haben einen eigenen Bauernhof und schlachten selbst. Alle ihre Speisen sind frisch zubereitet. Und das bei fairen Preisen.

Das Essen ist wirklich sehr köstlich. Es gibt eine Leberknödelsuppe als Vorspeise. Den Hauptgang bilden zarte Schweinelendchen mit Kroketten und Mischgemüse in einer Pilzrahmsoße. Zum Nachtisch reicht Manfred Vanilleeis mit heißen Himbeeren. Lecker!

Auf dem Rückweg setzen wir Tonda in einem Nachbarort bei seiner Freundin ab. Bis morgen Abend werden wir nun nichts mehr von ihm sehen oder hören. Ich will mir gar nicht vorstellen, was die beiden alles anstellen. Immerhin geht er so schon nicht auf Tour mit seinen Kumpels. Erst neulich haben sie ihn völlig betrunken auf unserer Veranda abgelegt. Wenigstens haben sie noch geklingelt. Seine knapp sechzig Kilogramm vermochte ich allein nicht die steile Treppe in sein Zimmer hinauf tragen. Zusammen mit Vati habe ich es dann irgendwie geschafft.

Am Montag fahre ich in die Kreisstadt, um meinen bereits vorkonfigurierten PC abzuholen. Ich bin ganz stolz darauf. Schneller Prozessor, reichlich Speicher, große Festplatte und 17 Zoll Monitor. Auch ein Modem mit 28.800 Bit/s gehören dazu. In den ersten Tagen muss ich ohne Internet auskommen, die Telekom braucht noch Zeit.

Eine Woche nach meinem Geburtstag fahre ich mit vier Jungs aus der Fußballmannschaft zu einer Pizzeria. Sie laden mich zum Essen ein, weil ihnen kein anderes Geschenk für mich eingefallen ist. Vielleicht haben sie aber auch nicht ausreichend drüber nachdenken können. Den Entschluss haben sie erst am Dienstag getroffen.

„Nachtisch und Getränke musst du aber selbst bezahlen", stellt Gabriel gleich zu Beginn klar.

Auch Heiko, der „Anführer" der kleinen Gruppe und Ideengeber des Geschenks, hat bereits im Vorfeld ganz klare Ansagen gemacht.

„Wenn du mich abholst, sag meiner Mutter bloß nicht, dass du die Führerscheinprüfung viermal machen musstest! Die lässt mich sonst nie bei dir mitfahren."

Seine Mutter kommt überhaupt nicht drauf zu sprechen und besteht lediglich drauf, dass ich ihn spätestens um 22 Uhr wieder absetze. Wir amüsieren uns köstlich. Gut, die Angestellten gucken ein bisschen komisch, als ich mit den vier 12-Jährigen einlaufe. Aber Heiko scheint auch hierauf vorbereitet zu sein.

„Er ist mein großer Bruder und wurde verdonnert, uns zu fahren. Nicht wahr, Bruderherz."

Ich spiele mit: „Ja, leider."

Mit Mühe und Not kratzen die vier das Geld für das Essen zusammen. Offensichtlich haben sie bei ihren Planungen vergessen, dass sie ihre Getränke auch noch zahlen müssen. Aber wir finden gemeinsam eine Lösung, um nicht doch noch spülen zu müssen.

Auf dem Heimweg setzen wir zunächst Patrick, dann Tassilo und Gabriel vor ihren Häusern ab. Sie alle bedanken sich für den Abend und wünschen eine gute Nacht. Ein Blick auf die Uhr zeigt, dass Heiko erst in 25 Minuten zu Hause sein muss. Er bittet mich, noch eine kleine Runde durch den Ort zu drehen.

„Okay. Willst wohl noch nicht heim?"

„Nee. Du fährst ziemlich gut."

„Danke."

„Du … Marek … ich weiß, wie groß dein Ding ist."

Beinahe hätte ich die Kontrolle über das Auto verloren. Ich kann grad noch rechts ranfahren und den Ford sicher abstellen. Dann sehe ich Heiko entsetzt an. Er selbst schaut völlig seriös und wiederholt seine Worte.

„Bitte was?!"

„Naja, weißt du … ich hab da mal so eine Berechnungsformel aufgestellt."

„Eine … Berechnungsformel …"

„Ja, genau. Auf Basis des Alters im Verhältnis zur Länge des Mittelfingers und der Potenz aus der Nasenflügelbreite und der Größe des Nasenrückens", erklärt er.

Ich komm nicht mehr ganz mit und lasse es mir noch einmal in Ruhe erklären. Mich interessiert dabei weniger seine komische Formel, sondern vielmehr, ob er tatsächlich weiß, wie groß „er" ist.

Das weiß ja nicht einmal ich!

Wie bei einem wissenschaftlichen Vortrag erläutert der Bengel vom Beifahrersitz aus die Grundlage seiner Berechnungen und präsentiert mir auch gleich das von ihm für mich errechnete Ergebnis.

Weil ich nicht gleich darauf reagiere, sondern noch immer im Kopf nachzuvollziehen versuche, wie diese Formel funktionieren soll, hakt Heiko nach.

„Und stimmt's?"

„Stimmt was?"

„Na, die Länge!"

„Keine Ahnung, Heiko. Ich weiß es nicht und selbst wenn, würde ich es dir nicht sagen."

„Bei mir stimmt meine Formel", erklärt er stolz.

Ein erneuter Blick auf die Uhr zeigt – ich bin gerettet. In fünf Minuten muss er zu Hause sein, wenn wir keinen Ärger mit seiner Mutter haben wollen. Ich starte den Motor und fahre ihn nach Hause. Ich bleibe noch eine Weile bei laufendem Motor vor seinem Haus stehe und überlege, wie er bitte auf so einen Kram kommt.

In meinem Zimmer packt mich dann die Neugier. Und ich messe tatsächlich nach. Das mit der Formel aus Nase und Finger – welcher war's gleich wieder? – kann doch gar nicht stimmen! Und wenn doch, woher weiß er, wie groß meine Nase und Finger sind?

Die Formel stimmt …

Aber das wird Heiko nie erfahren! Wo bin ich da nur wieder reingeraten? Ich male mir aus, wen ich in den vergangen Jahren wohl auf diese Weise alles „berechnet" hätte. Und wie verdammt kommt man auf eine solch abstruse Berechnungsgrundlage?

Noch dazu mit zwölf?!

Warum hast du nicht ...

Ich treibe mich mittlerweile sehr häufig im Internet rum. Meistens nachts oder am Wochenende. Damit meine Eltern das nervige Tuten des Modems nicht hören können, packe ich es in alte Klamotten ein. Der Seitenaufbau dauert gefühlt ewig, aber ich verbringe dennoch viele Stunden im Netz. Das Erschrecken kommt meist erst mit der Telefonabrechnung. Einige Hundert Mark gehen dafür drauf.

Aber ich will entdecken, ich will ergründen, ob es außer Nico und mir noch andere gibt. Andere Jungen, die so ticken, so fühlen wie ich. Es gibt sie!

In einem Forum stoße ich auf Markus. Er ist wie ich 18 und wohnt irgendwo in Oberbayern. Wir schreiben uns oft stundenlang. Es tut verdammt gut, sich mit jemandem auszutauschen. Er warnt mich aber auch vor den „Gefahren" der schwulen Welt.

„Nicht selten kommt es vor, dass sich alte Säcke an junge wie uns ran werfen und mit Geld, Geschenken und so locken", erklärt er mir.

„Und was wollen die?"

„Deinen Körper, Dummerchen."

Oftmals muss ich mich zwingen, ins Bett zu gehen. Nicht selten passiert dies erst gegen zwei Uhr morgens. Aber auch Markus muss kämpfen. Wir haben einiges gemeinsam. Er ist mir allerdings in einem Punkt voraus.

Er hatte bereits einen Freund.

Für Mitte kommenden Monat machen wir ein Treffen aus. Markus will mit dem Zug zu mir kommen. Bei mir zu Hause können wir uns aber nicht treffen und so buche ich in zwanzig Kilometer Entfernung ein Hotelzimmer. Es ist ein Doppelzimmer mit getrennten Betten. Ich habe bei der

Buchung bewusst drauf bestanden. Schließlich wollen wir beide nicht, dass Gerede entsteht. Vielleicht zerbrechen wir uns aber auch unnötig den Kopf.

Ich hole ihn mit dem Auto vom Bahnhof ab und wir fahren in die nahe Kreisstadt. Dort ist gerade Kirchweih. Markus will unbedingt dorthin, um günstig zu essen und ein wenig herumzulaufen.

„Ins Hotel können wir später immer noch."

Die anfängliche Nervosität ist verflogen. Er ist genauso nett wie in den Chats und er sieht auch wirklich gut aus. Wenn wir absolut sicher sind, dass uns keiner sehen kann, halten wir sogar Händchen.

Lediglich sein Rauchen stört mich etwas.

Auf dem Fest laufen uns Marcel und Axel in coolen Lederjacken über den Weg. Sie sind beide dreizehn und spielen für eine gegnerische Mannschaft. Ich kenne sie auch nur, weil sie bei einem Turnier negativ aufgefallen sind. Sie haben den gesamten Männerduschbereich des Vereinsheimes mit Seifenschaum gefüllt. Es hat eine Weile gedauert, bis die Sauerei wieder weg war.

„Du bist doch Marek von den Ko-Höfern, oder?"

„Ja. Und du bist Axel ... Axel Schweiß."

„Hey, ich heiße Schneiß, nicht Schweiß!"

„Sorry, hatte ich wohl falsch in Erinnerung."

„Haha. Was macht ihr hier?"

„Bisschen umschauen, was Kleines essen, Scooter fahren, Spaß haben. Und ihr zwei?"

„Auch so. Schnecken checken ... weißt du?"

Als Markus sich gerade eine weitere Zigarette anzünden will, entdeckt Marcel eine Plastiktüte in dessen Tasche. Ungefragt greift er zu und zieht sie heraus. In der Tüte eines Musikgeschäfts ist eine CD. Auf dem Cover sind die drei Interpreten abgebildet.

„Hey, die zwei Schnecken sehn ja echt niedlich aus."

Marcel pflichtet Axel bei: „Und singen können sie."

Markus und ich schauen uns an. Ohne miteinander zu reden, sind wir uns einig, dass wir das Missverständnis noch nicht aufklären wollen. Im Gegensatz zu den zwei Jungs wissen wir nämlich, dass es sich bei „Hanson" nicht um Mädels, sondern drei Jungs handelt: Isaac, Taylor und Zac. Zugegeben vor allem Taylor hat leicht feminine Gesichtszüge, was durch die langen Haare und die noch ungebrochene Stimme durchaus verwirren kann.

„Du findest sie also heiß", fragt Markus, während er den Rauch in die Luft pustet.

Axel tippt auf die mittlere Person – Taylor: „Die in der Mitte ist schon ziemlich geil."

„Würd ich auch zu gern in die Kiste kriegen", stimmt Marcel seinem Freund zu.

Markus kann sich nun nicht mehr zusammenreißen und prustet laut los. Beinahe hätte er sich dabei am Rauch seiner Zigarette verschluckt.

„Was hat dein Kumpel?"

„Der amüsiert sich nur darüber, dass ihr Möchtegern-Machos drei Jungs scharf findet."

„Das sind doch keine Jungs!"

„Doch – alle drei sind männlich."

„Echt jetzt?! Kann nicht sein!"

„Oh doch!"

Marcel bestreitet plötzlich, die „Schnecken" jemals geil gefunden zu haben. Er hätte sich auf Axels Wort verlassen. Schließlich sei er ja keine Schwuchtel.

„Schwuchtel ist so ein unschönes Wort", flucht Markus, nachdem er sich wieder beruhigt hat.

„Du weißt, was ich meine. Schwul halt. Das bin ich nämlich ganz und gar nicht."

Axel steht noch immer ein bisschen unter Schock: „Ich … also ich … bin auch nicht schwul. Sind das echt Jungs?"

„Ja, sie heißen Isaac, Taylor und Zac."

Axel stellt fest: „Aber ihre Musik ist trotzdem cool."

Bei Einbruch der Dämmerung fahren wir zum Hotel. Glücklicherweise müssen wir keine Anmeldeformulare ausfüllen, wir sind also quasi inkognito. Das Zimmer ist nett eingerichtet und hat zwei voneinander getrennte Betten mit dicken Daunendecken. Erfrieren werden wir hier drin also schon mal nicht.

Die ganze Fahrt über haben wir uns über die beiden Jungen unterhalten und dabei das Album der Hanson-Brüder angehört. Wie kann man die nur für Mädchen halten? Die Stimmen sind eindeutig männlich, wenn auch – aufgrund des Alters – noch sehr jungenhaft.

Amüsant war die Situation allemal.

Markus geht als Erster duschen. Er hatte den längeren Tag und ist ziemlich verschwitzt. Ich will nach ihm gehen und mache es mir vor dem Fernseher gemütlich. Nur mit einem Handtuch um die Hüften verlässt er das Badezimmer und wirft sich auf sein Bett.

„Du kannst. Bad ist frei."

„Alles klar. Danke."

Ohne hinzusehen laufe ich an ihm vorbei zum Bad. Die Dusche tut gut. Sicherheitshalber lasse ich zum Schluss nur kaltes Wasser über meinen Körper laufen. Und da ist sie wieder – die Nervosität. Was erwartet Markus nun von mir? Erwartet er überhaupt etwas?

Ich weiß es nicht.

Wir sehen noch eine Weile fern, beachten das Programm aber kaum. So von Angesicht zu Angesicht unterhalten ist uns viel wichtiger und viel schöner. Dass wir uns dabei eng aneinander kuscheln und Händchen halten, fällt mir erst viel später auf.

„Lass uns schlafen gehen. Ich bin völlig platt", schlägt Markus um kurz nach 23 Uhr vor.

„Okay. Ich nehme das Bett am Fenster."

Mein Begleiter grinst: „Ich auch."

„Aber …"

„Lass uns zusammen in einem Bett schlafen. Wir müssen ja keinen Sex haben. Abgemacht?"

Ich lasse mich schließlich breitschlagen. Bestimme aber, dass er sein Bett so zerwühlt, als hätte jemand drin geschlafen. Dann schlüpfen wir beide unter die Decke. Wir reden und kuscheln noch eine ganze Weile. Es ist halb zwei, als ich das letzte Mal auf die Uhr sehe. Markus ist auf meiner Schulter eingeschlafen.

Er schnarcht ein bisschen.

Am nächsten Morgen ist er irgendwie mies drauf. Ich habe keine Ahnung warum und stelle ihn noch vor dem gemeinsamen Frühstück zur Rede.

„Wieso bist du so mies drauf?"

„Weil du nichts gemacht hast."

„Wie nichts gemacht?"

„Warum hast mich nicht geküsst oder angefasst?"

„Wir hatten doch vereinbart, dass nix läuft!?"

„Ja, ich weiß. Habe aber drauf gewartet!"

„Warum hast du dann nichts gemacht?"

„Wir hatten doch vereinbart, dass nix läuft!"

Wir sehen uns in die Augen und der Ärger ist wie weggefegt. Stattdessen fallen wir kichernd aufs Bett und schlagen uns gegenseitig auf die Schulter.

„Du bist so blöd!", zischt Markus.

„Schon möglich, aber du auch."

Nach dem Frühstück gehen wir noch im Park spazieren, bevor ich ihn gegen Mittag zum Bahnhof bringe. Bevor wir aussteigen, drückt er mir im Aufzug zum Bahnsteig einen flüchtigen Kuss auf die Lippen.

„Mach's gut, Marek."

Er steigt ein. Ich stehe winkend am Bahnsteig und sehe zu, wie sein Zug langsam am Horizont verschwindet. Ich bin traurig darüber, dass er schon wieder weg ist.

Solide Handwerkskunst

Die Zwischenprüfungen haben es ganz schön in sich. Vor allem in Rechnungswesen und Betriebswirtschaftslehre reicht vielen nicht einmal die Zeit aus, um den gesamten Prüfungsbogen zu bearbeiten. Auch ich schaffe es nur ganz knapp. Hat aber den Vorteil, dass ich mich durch das nochmalige Durchlesen nicht verrückt machen kann. Nun heißt es hoffen und bangen, bis in einigen Wochen unsere Ergebnisse bekannt gegeben werden.

Ich bin nun in der Kreditabteilung. Gleich in der zweiten Woche fahren Herr Käfer und ich mit seinem Privat-PKW und einem geliehenen Anhänger in den bayerischen Wald. Wir müssen um halb sechs morgens los, um pünktlich wieder zurück zu sein. Er hat am Abend noch Volleyballtraining, das er nicht verpassen will.

„Können Sie Auto fahren, Herr Daniel?"

„Ja. Habe seit ein paar Monaten den Führerschein."

„Dann übernehmen Sie nachher das Aufladen."

„Was machen wir denn überhaupt?"

Herr Käfer erklärt, dass wir bei einem zahlungsunfähigen Kunden den sicherungsübereigneten Zweitwagen abholen. Der Kunde kann die Raten nicht mehr begleichen und nun soll der Wagen versteigert werden, um damit einen Teil der Schulden zu tilgen.

„Geht das denn so einfach?"

„Wir haben etwas, dass sich vollstreckbarer Titel nennt. Außerdem hat er der Abholung zugestimmt. Er kann den Wagen nur nicht selbst bringen."

Ein bisschen mulmig ist mir dennoch.

Nach etlichen Stunden Fahrt durch die Dunkelheit kommen wir endlich an. Herr Käfer fordert den Kunden noch einmal auf, die ausstehenden Beträge zu begleichen. Er kann es aber nicht. Und so händigt er uns Papiere und Schlüssel aus. Nicht ganz freiwillig, aber zumindest ohne öffentliches Aufsehen, die der Besuch eines Gerichtsvollziehers mit sich bringen würde.

Nachdem wir den Ford Escort auf den Anhänger gehievt haben, fahren Herr Käfer und ich zurück. Ich bin froh, dass wir nicht im Anzug gefahren sind, die Sitze waren echt schmuddelig. Unterwegs machen wir noch einmal Rast und wechseln die Plätze. Mit Anhänger bin ich noch nie gefahren. Aber auf der Autobahn klappt das schon ganz gut. Erst am Nachmittag sind wir wieder in der Bank.

Das Auto bringen wir samt Anhänger zu einem Händler. Dort wird es nun seiner Verwertung zugeführt, wie es so schön heißt. Hoffentlich bleibt dabei auch ein bisschen Geld für die Tilgung hängen.

Am darauffolgenden Tag habe ich gerade meine Laufstrecke beendet, als am Vereinsheim jemand auf mich wartet. Ich stelle dort immer mein Rad ab, bevor ich laufen gehe. Manchmal fahre ich auch mit dem Auto.

Nur heute nicht.

Er ist groß gewachsen, etwas muskulös. Ich würde ihn auf etwa fünfundzwanzig schätzen. Gesehen habe ich ihn hier allerdings noch nie.

„Bist du Marek?"

„Ja. Und wer sind Sie?"

„Lass endlich deine ekligen Finger von meinem kleinen Bruder, du versauter Homo!"

Ich habe absolut keine Ahnung, wo ich diesen Typ hinstecken muss. Auch weiß ich nicht, wer der kleine Bruder sein soll. Ich bin mir sicher, dass ich mir nichts vorzuwerfen habe. Angst habe ich dennoch.

„Wer ist Ihr kleiner Bruder?"

„Machst du etwa mit mehreren rum?!"

„Ich mache mit niemandem rum! Wer ist Ihr Bruder?"

„Max."

Max? Oh ja, Max! Naja, als rummachen würde ich das jetzt nicht unbedingt bezeichnen. Das trifft wohl doch eher auf Max und Julian zu. Ich selbst habe ihn schon eine ganze Weile nicht mehr gesehen.

„Ich mach mit Ihrem Bruder Max nicht rum."

„Er hat mir was anderes erzählt!"

Sein erster Schlag trifft mich in der Magengrube. Auch wenn ich vorbereitet gewesen wäre, hätte ich ihn nicht abwehren können. Ich sinke zu Boden. Er reißt mich an den Haaren wieder hoch.

„Jedes Mal, wenn er zu dir zum Spielen kommt, gehst du ihm an die Klöten!"

Naja, eigentlich ist es ja ... ach er würde es mir ja sowieso nicht glauben. Aber damit würde ich nur Julian in die Scheiße reiten. Und dann würden weder er noch Max in Zukunft mit mir reden.

Auch die nächsten Schläge landen in meiner Magengrube. Durch den Schmerz bekomme ich seine Schimpftiraden nur unterbewusst mit. Er beschimpft mich immer wieder aufs Heftigste, während er weiter auf mich einschlägt. Mir wird langsam schwarz vor Augen.

„Es ist nicht so, wie es scheint."

Mit letzter Kraft richte ich mich wieder auf. Mir gelingt es sogar, einige der Schläge abzublocken. Dann geht mir Max' Bruder an die Gurgel.

„Lass die Finger von ihm, du Perverser!"

Dann schubst er mich gegen die Wand. Ich bleibe minutenlang sitzen, bis ich wieder einigermaßen atmen und klar denken kann. Mein tränenverschmiertes Gesicht wasche ich am Tennisplatz, bevor ich heim radle.

Als mir ein paar Tage später Max und Julian über den Weg laufen, sieht mich Max schuldbewusst an. Ich laufe einfach weiter, als hätte ich sie nicht gesehen. Hinter mir höre ich leise Stimmen und Schritte. Ohne mich umzudrehen, laufe ich stur weiter. Ich möchte mit den beiden – vor allem Max – im Moment nichts zu tun haben. Die Angst vor weiteren Schlägen sitzt zu tief.

„Hey, Marek. Bleib doch mal stehen."

Julian hat seine Hand auf meine Schulter gelegt und zieht mich zu sich herum. Ich versuche, die beiden noch immer zu ignorieren. Da Max sich aber vor mich stellt, kann ich nicht einmal davonlaufen.

„Wir müssen mit dir reden."

„Und mich dann wieder verprügeln lassen?"

Max sieht mich an und ringt mit seiner Stimme.

„Ich habe das echt nicht gewollt. Felix reagiert nur manchmal etwas voreilig."

„Voreilig?! Der hat mich als Boxsack benutzt!"

„Es tut mir leid. Ich wollte das wirklich nicht."

Julian nimmt meinen Arm und zieht mich hinüber zur Bushaltestelle. Dort setzen wir uns hin. Die beiden sind sichtlich mitgenommen, dass Felix mich verprügelt hat.

„Wie hat er es eigentlich rausgefunden?"

„Ich habe mich verplappert", gesteht Max.

„Und wieso kam er zu mir?"

„Nach der Sache damals mit Mario hat er gar nicht erst an Juli gedacht, sondern sofort an dich."

„Mario? Das ist doch schon ewig her! Weiß eigentlich irgendjemand nicht davon?"

„Bestimmt", kichert Julian.

Die beiden erzählen mir, dass sie sich noch immer regelmäßig treffen und am Computer spielen. Vor einigen Tagen ist ihm in einem Streitgespräch mit Felix rausgerutscht, dass es dabei nicht nur ums Spielen geht. Und weil ich vor einiger Zeit involviert war und wegen der Sache mit Mario sei sein Bruder sofort auf mich gekommen.

„Ganz toll. Und Juli kommt davon."

„Es tut mir leid!"

„Ja schon ok. Ist jetzt eh schon zu spät."

„Bist du jetzt sauer auf Max?"

„Nein. Aber wollt ihr es nicht richtig stellen?"

Juli stöhnt: „Bist du wahnsinnig? Damit Felix dann auf mich losgeht und mich plattmacht?"

„Also lieber mich?"

„Sieht ganz so aus", kichert er.

„Tolle Idee, Juli!"

„Was lief da eigentlich mit Mario", will Max wissen.

„Gar nichts, absolut nichts."

„Ist ja doof!"

Bevor die beiden verschwinden, verspricht Max, noch einmal mit seinem Bruder reden zu wollen und die ganze Sache klarzustellen. Ich bin gespannt.

Felix fängt mich einige Tage danach mit zwei seiner Freunde erneut am Sportplatz ab. Ich habe gerade meine üblichen sieben Kilometer hinter mir und möchte eigentlich nur noch schnell nach Hause.

„Wollt ihr mich jetzt zu dritt zusammenschlagen?"

„Nein. Eigentlich nicht. Es sei denn, du gibst uns einen Grund dazu. Hast du das vor?"

„Nicht wirklich. Was gibt es?"

„Zunächst mal sorry, dass ich dich nicht neulich etwas aufgemischt habe."

„Entschuldigung akzeptiert. Kann ich dann gehen?"

„Nein. Noch nicht."

Während ich mir den Schweiß abwische, erklärt mir Felix, dass er mit seinem Bruder Max geredet habe. Ich müsse wissen, Max sei das Nesthäkchen der Familie und darum würden seine Geschwister und er besonders auf ihn aufpassen. Dabei liegen gerade einmal sieben Jahre zwischen ihm und dem „kleinen" Max.

„Manchmal fällt es uns noch etwas schwer, dass auch er langsam erwachsen wird. Verstehst du?"

„Denke schon. Und nun willst du alle verprügeln, die ihn beim Erwachsenwerden begleiten?"

„Das habe ich noch nicht entschieden. Aber erst einmal will ich mich noch mit dir unterhalten."

Mir wird langsam kalt, aber die Blicke seiner Begleiter überzeugen mich, doch noch etwas zu bleiben. Eine Unterhaltung ist das genau genommen nicht, denn meist redet nur Felix. Er erklärt mir noch einmal deutlich, was er davon hält, wenn ich mit Max rummachen würde.

„Fäuste reichen wohl nicht mehr?"

Ich zeige hinter ihn. Einer seiner Begleiter hat einen Baseballschläger aus der Ecke geholt und schwingt ihn kraftvoll durch die Luft. Sieht nach solider Handwerksarbeit aus - schön graviert.

„Das ist nur eine Drohung."

„Du weißt aber schon, dass zwischen Max und mir überhaupt nichts geht."

„Mir egal! Fass Max nochmal an und du hast nichts mehr womit du ihn oder andere anfassen könntest."

Der Schläger kracht mit voller Wucht gegen einen Holzpfosten. Das Holz splittert hörbar.

„Alles klar. Und danke für das nette Gespräch."

Ich nehme mein Rad und fahre nach Hause. Die Unterredung mit Felix und seinen Kumpeln verfolgt mich noch eine lange Zeit. Eine ganze Weile vermeide ich es sogar, Max und auch Julian über den Weg zu laufen. Meine Lust, Bekanntschaft mit dem Holzschläger zu machen, hält sich verständlicherweise in Grenzen.

Einen Monat später sehe ich Juli mit Arm im Gips.

Poseidons Sohn

Ende April kommen die ersehnten Ergebnisse der Prüfungen. Sind sie gut, verbessern sich die Chancen auf eine Übernahme nach Ende der Ausbildung. Vor allem, wenn man wie ich, nicht über hervorragende Beziehungen in die obere Führungsebene verfügt.

Ich habe einen guten Durchschnitt von 2,2 erreicht. Tobias ist noch ein wenig besser als ich, Carsten hat einen Schnitt von 3,1 geschafft. Herr Berger ist dennoch mit uns allen zufrieden. Er kündigt an, dass einer späteren Übernahme nichts im Weg stehen wird. Immerhin ist's bis dahin nur noch ein knappes Jahr. Ab Herbst heißt es dann also wieder lernen, lernen, lernen.

Zuvor wollen wir aber noch etwas Spaß haben.

Mit fünf anderen aus unserer Berufsschulklasse wollen wir drei in den ersten zwei Wochen der Sommerferien Bulgarien unsicher machen. Tobias hat sich im Reisebüro bereits um alles gekümmert. In einem Hotelkomplex am Sonnenstrand haben wir vier Doppelzimmer mit Halbpension, dazu die Flüge von Nürnberg nach Varna. Das Hotel hat drei Restaurants und gleich nebenan ist eine beliebte Stranddisco. Das Schwarze Meer ist auch nur wenige Hundert Meter entfernt.

Alles verspricht toll zu werden.

Seit Anfang Juni bin ich dauerhaft am Schalter der Hauptstelle eingeteilt. Tobias meistert seine Ausbildung in einer der anderen Filialen, während Carsten neuer Herrscher über Primanoten und Schlüsselblätter ist. Wir sehen uns nicht sehr oft, halten in Sachen gemeinsamer Urlaub aber regelmäßig Kontakt. Wir nutzen die Pausen in der Berufsschule, wen auch die anderen dabei sind.

Gut vier Wochen vor dem geplanten Urlaub kommt es zu einem heftigen Streit zwischen Carsten und Tobias. Der führt schon nach kurzer Zeit dazu, dass unsere Reisegruppe in drei Lager zerbricht: Pro-Tobias, Pro-Carsten und einen Neutralen - mich. Ich weiß nicht, weswegen sie streiten. Deshalb will ich auch auf keiner Seite stehen.

Fünf von uns - inklusive Carsten - stornieren ihre Bulgarienreise und wollen stattdessen nach Mallorca fliegen. Der Rest behält seine Pläne bei.

Zwei Wochen vor Abreise vertragen sich die beiden wieder und sind auch bereit, den Urlaub gemeinsam zu verbringen. Mit Hilfe des Reisebüros bringen sie anschließend wieder alles in Ordnung. Unsere Reiseunterlagen halten wir kurz darauf in den Händen.

Der Tag des Abflugs naht. Ich bin bis zu diesem Zeitpunkt noch nie geflogen und ich muss gestehen, ein bisschen nervös bin ich schon. Da die anderen Autos mit Gepäck und Reisenden schon gut gefüllt sind, fahre ich mit meinem eigenen zum Flughafen. Die zwanzig Mark für das Parkhaus machen dann auch nichts mehr aus.

Das erste Mal ohne Eltern verreisen!

„Geh vor, wir qualmen noch eine", erklärt Tobias.

„Alles klar. Wir sehen uns dann am Gate."

Ich gebe mein Gepäck auf, hole mir die Bordkarte und gehe durch die Sicherheitsschleuse. Auch die anderen haben mittlerweile aufgeschlossen und stehen nur ein paar Meter hinter mir. Die Kontrolle läuft reibungslos und ich nehme mein Handgepäck wieder an mich.

„Ich muss nochmal auf Toilette."

„Warum so nervös, Marek?"

„Weil ich noch nie geflogen bin."

Carsten amüsiert sich köstlich auf meine Kosten. Seine Familie fliegt jedes Jahr mindestens zweimal in Urlaub, meist auf die Kanaren. Meine hatte dafür eben bisher noch nicht das nötige Kleingeld übrig.

Als ich zurückkomme, sind die Jungs verschwunden. Bestimmt sind sie schon zum Gate vorgelaufen. Der Flieger geht in vierzig Minuten und so laufe auch ich zum Flugsteig. Doch dort kann ich keinen von ihnen entdecken. Ich sehe noch einmal auf meine Bordkarte – das Gate stimmt. Uhrzeit und Flugnummer sind auch korrekt.

Mein Handy piepst und erinnert mich daran, dass ich es noch ausschalten muss. Ich habe eine Textnachricht von Carsten bekommen.

Tolle Zeit in Bulgarien.
Wir fliegen nach Mallorca.
Viel Spaß, du Lusche.

Na, toll. Die beiden müssen nach ihrer Versöhnung die gesamte Reise auf Mallorca umgebucht haben. Nur ich reise nun ganz allein nach Bulgarien.

Tolle Kollegen seid ihr.

Während des Fluges versuche ich mir auszumalen, was mich am Sonnenstrand erwartet. Und was ich mit ihnen mache, wenn ich nach zwei Wochen zurückfliege. Die sollen mir nur nochmal über den Weg laufen! Ich beschließe, meinen Urlaub trotz allem zu genießen und während der Zeit nicht an sie zu denken.

Immerhin habe ich mir den Urlaub verdient.

Von Varna geht es mit Reisebussen weiter zu den Hotelanlagen. Die Fahrt dauert fast drei Stunden, weil die Busse immer wieder anhalten, um Passagiere aussteigen zu lassen. Endlich haben wir das Hotel erreicht, in dem ein Doppelzimmer mit kleinem Bad und Balkon auf mich wartet. Man kann das Meer schon riechen. Hoffentlich ist es so schön, wie in den Prospekten.

Mein Zimmer ist im achten Stock und hat – zumindest vom Balkon aus – einen tollen Blick auf das Meer. Angenehme 26 Grad locken zu einem Spaziergang am Strand.

Aber zunächst muss ich zur Einführungsveranstaltung des Reiseveranstalters. Dort bekomme ich auch die Gutscheine für das Abendessen und weitere Reiseinfos.

Danach heißt es Koffer auspacken, orientieren und natürlich an den Strand. Der Sand ist wunderbar weich und fühlt sich unter meinen nackten Füßen toll an. Obwohl Hochsaison ist, sind noch nicht viele am Wasser. Vielleicht sind sie alle auf Ausflügen oder suchen ein Mittagessen. Das muss ich auch noch – Mittagessen ist im Preis nicht inbegriffen. Aber es gibt zahlreiche kleine Restaurants mit einem breit gefächerten Angebot.

Ich bin nun schon drei Tage hier und habe mich ganz gut eingelebt. Jeden Tag verbringe ich mehrere Stunden am Strand. Oder ich laufe durch die verwinkelten Gassen mit den Läden, die sehr günstig Markenklamotten, CDs und elektronische Artikel aller Art anbieten. Wer fliegt denn bitte nach Bulgarien, um sich dort eine Stereoanlage zu kaufen. Passt doch gar nicht in den Koffer.

Am vierten Abend laufe ich in der Dämmerung hinunter an den Strand. In der Disco ist heute Abend eine Zaubervorführung. Nicht der Renner, aber durchaus sehenswert. Viel Programm gibt es hier eh nicht für die Gäste. Darum fahren die meisten, die nicht nur in der Sonne brutzeln wollen, auch mit Bussen zu Tagesausflügen.

Vielleicht mach ich das auch noch.

Engländer und Russen fallen am meisten auf, nicht nur durch den Lärm, den sie bis spät in die Nacht machen, sondern vor allem durch die dicken Geldbörsen, die sie hier nach Lust und Laune für Alkohol oder jede Menge unnötigen Krimskrams leeren.

Auch viele deutsche Familien nutzen die günstigen Preise, um hier Urlaub zu machen. Für die Kleinen gibt es Kinderclubs und Animateure. Der Hotelkomplex hat einen bewachten, meist überfüllten Pool und Spielautomaten in der Eingangshalle locken zum Geld ausgeben. Manchmal gewinnt man sogar ein Freispiel.

Jeden Abend gehe ich nach dem Abendessen hinunter an den Strand und sehe dem Sonnenuntergang zu. Viele Jugendliche liegen im Sand und knutschen oder trinken. Ein paar von ihnen kühlen sich im Meer ab.

Ein dunkelhaariger Junge um die vierzehn fällt mir dabei am meisten auf. Zusammen mit einer älteren Version von ihm – vermutlich der große Bruder – und einem Freund toben sie jeden Abend durch die Wellen. Er hat einen tollen Körper und trägt – leider – viel zu schlabbrige Badeshorts, die ihm bis zu den Waden reichen. Wenn er aus dem Wasser auftaucht, gleicht er einem Gott.

Vielleicht ist er ja Poseidons Sohn.

Unübertroffen ist vor allem sein Lächeln. Wenn sich seine Mundwinkel nach oben ziehen, werden seine Zähne und süße Fältchen an den Augen sichtbar. Sie sind braun, soviel konnte ich bereits erkennen. Manchmal sieht er zu mir hinüber und lächelt. Ich möchte dann am liebsten vor Scham im Boden versinken.

Am nächsten Tag sitze ich in mein Buch versunken auf einer Liege am Meer und bemerke nicht, dass sich mir jemand nähert. Eine engelsgleiche Stimme reißt mich aus den Gedanken. Ich blicke auf und sehe Poseidons Sohn. Er lächelt freundlich zur mir hinab.

„Hi, ich heiße Tim. Und du?"

„Oh … hi … ähm … Marek."

„Hallo Marek. Ich habe dich hier schon ein paar Mal gesehen. Und du hast mich beobachtet."

„Tut mir leid."

Ich packe schnell meine Sachen zusammen und will zurück zum Hotel gehen. Tim hält meinen Arm fest.

„Wieso?! Sehe ich so mies aus?"

Als ich mich umdrehe, sehe ich dieses fantastische Lächeln. Ich spüre, wie meine Knie ganz weich werden. Meine Stimme versagt ihren Dienst und mir bleibt nichts anderes, als den Kopf zu schütteln.

„Dann findest du also, ich sehe gut aus?"

Stumm wie ein Fisch nicke ich. Tim zieht mich am Arm zurück auf den Boden und setzt sich zu meinen Füßen.

„Ich habe dich auch beobachtet", gesteht er.

„Oh. Wirklich?"

„Ja. Ich finde, du siehst auch toll aus."

„Danke sehr."

Mehr bekomme ich einfach nicht raus. Ich fühle mich, als würden abertausende Schmetterlinge in meinem Bauch herumschwirren. Und schuld allein ist Tim. Seine Augen, das Lächeln und diese Stimme.

In der Ferne kann ich seinen Bruder entdecken und die Schmetterlinge werden zu einem Kloß. Tim redet derweil wie ein Wasserfall und es fällt mir schwer, seinen Worten zu folgen. Sein Bruder nähert sich und sein Gesicht strahlt wenig Begeisterung aus. Mein Herz rast und ich spüre, wie meine Handflächen schwitzen.

Immerhin hat er keinen Baseballschläger dabei.

„Komm, du kleine Schwuchtel. Mama und Papa warten bestimmt schon auf uns."

Er tritt Tim mit dem Fuß in den Rücken, so dass dieser auf mich fällt. Das fröhliche Funkeln in seinen Augen verblasst und weicht einer tiefen Traurigkeit. Einer Traurigkeit, die ich nur zu gut kenne.

„Bitte entschuldigen Sie meinen schwanzlutschenden Bruder, dass er Sie belästigt hat."

Ich bin sprachlos. Wie kann man in der Öffentlichkeit so über seinen kleinen Bruder reden? Tonda und ich sind zwar auch nicht sehr innig, aber ich würde immer zu ihm halten und ihn verteidigen.

„Er hat mich keineswegs belästigt. Wir haben uns nur sehr nett unterhalten."

„Dann ist ja gut. Komm, will keinen Ärger!"

Er zerrt Tim weg. Ein paar Meter entfernt bleiben sie stehen und scheinen miteinander zu streiten. Der große Bruder schubst Tim zu Boden, um ihn dann wieder nach oben zu ziehen. Gemeinsam verschwinden sie hinter einer Biegung und ich kann sie nicht mehr sehen.

Die Gefühle in mir kann ich kaum beschreiben: Angst, Hass, Wut, aber auch eine gewisse Wärme und Mitgefühl machen sich breit. Ich kann nicht fassen, was da gerade vor meinen Augen passiert ist. In der Nacht mache ich kein Auge zu, so sehr beschäftigt mich Tim.

Eines steht fest: ich muss - ja ich will - Tim wiedersehen. Warum, weiß ich noch nicht so genau.

Gleich am nächsten Morgen mache ich mich auf die Suche nach ihm und seinem Bruder. Ich klappere den Strand und die Straßen ab. Laufe manche Strecke sogar doppelt. Es vergehen mehrere Stunden, bis ich an einem Hotel mehrere Straßen weiter tatsächlich auf seinen Bruder treffe. Bei ihm stehen zwei Erwachsene, die vermutlich seine Eltern sind. Ich gehe auf sie zu.

Und das obwohl mein Herz wieder wie irre rast.

„Hallo. Ich glaube, wir sind uns gestern Abend am Strand begegnet. Du bist Tims Bruder, oder?"

„Mama, Papa, das ist der Mann, den die kleine Schwuchtel gestern angebaggert hat."

Seine Mutter beginnt zu weinen, sein Vater hingegen ist aufgewühlt. Sie entschuldigen sich mehrfach und bitten mich, kein Aufsehen darum zu machen. Sie hätten schon genug Stress wegen ihres missratenen Sohnes. Und sie würden dafür sorgen, dass Tim sich von mir fern hält.

„Ich glaube, hier liegt ein Missverständnis vor. Ihr Sohn Tim hat mich keineswegs angebaggert und auch nicht belästigt. Wir haben uns lediglich unterhalten."

„Es tut mir sehr, sehr leid. Er ist schwul, wissen Sie. Wir können auch nichts dafür."

Was ist das denn bitte für ein Argument?

Seine Mutter fleht mich mit tränenerstickter Stimme an, es doch bitte auf sich beruhen zu lassen. Ich könnte mir ja überhaupt nicht vorstellen, wie es für sie sei, dass ihr Jüngster „so einer" ist.

Haben die eine Vorstellung, wie es für ihn ist?

„Ich kann Ihnen nicht folgen. Es ist nichts vorgefallen! Wir haben uns nur unterhalten. Das ist doch völlig in Ordnung, finden Sie nicht auch?!"

Erst nachdem ich es noch einige Male wiederholt habe, dass ich mich durch Tim in keiner Weise belästigt fühle, beruhigen sich beide wieder. Nur der Bruder – Richie – scheint noch immer sehr aufgebracht.

Am Abend sitze ich wieder am Strand und Tim kommt sehr vorsichtig auf mich zu. Schon von weitem habe ich ihn entdeckt und winke ihn zu mir herüber.

„Willst du dich zu mir setzen?"

„Gern ... also wenn ich darf."

Ich zeige auf den Platz neben mir.

„Reagiert deine Familie immer so?"

Tim sieht mir direkt in die Augen. Da ist sie wieder diese Traurigkeit. Seine sonst so schönen Augen werden feucht und kurz darauf schluchzt er hemmungslos. Ich kann kaum verstehen, was er sagt.

Nachdem er sich wieder beruhigt und mein T-Shirt mit seinen Tränen völlig eingesaut hat, erzählt er mir seine Geschichte. Schon früh habe er entdeckt, dass er Jungs präferiere. Seine Familie könne damit aber nicht umgehen. Der große Bruder sei ständig aggressiv, ist aus dem gemeinsamen Zimmer ausgezogen. Der Vater habe sogar von Trennung gesprochen. Seine Mutter würde entweder nur heulen oder ihn ignorieren. In der Schule wird er immer wieder zusammen geschlagen.

Und keiner würde etwas dagegen unternehmen.

Es ist bereits stockfinster und langsam wird es auch ziemlich frisch, als Tim mit seiner Geschichte fertig ist. Er hat sich bei mir angelehnt und mein Arm umschließt seine schlanke Hüfte. Man hört nur noch das Plätschern der Wellen, die seicht an den Strand schlagen.

Gegen seine Geschichte wirken meine Erlebnisse wie harmloser Kindergarten. Ich erzähle ihm von Anton, von Hannes, Lukas und von Nico und er versteht.

Wir verbringen fortan viel Zeit miteinander. Seine Familie ist zwar verwundert, warum ich mich mit ihrem schwulen Sohn abgebe, aber so stört er schon nicht bei ihrer Vorstellung von Familienurlaub.

Tim und ich spazieren am Strand, toben im Meer herum oder liegen einfach nur in der Sonne und genießen unsere Zweisamkeit. Wenn ich nachts im meinem Bett liege, kann ich nur an ihn denken. Jedes Mal, wenn wir uns begegnen, rast mein Herz und ich kann es fast bis in den Hals schlagen spüren. Ich verliere mich in seinen Augen. Seine Haare duften wunderbar und wenn er lächelt, habe ich das Gefühl, die Zeit würde stehen bleiben.

An seinem letzten Abend sitzen wir am Strand und bewundern den Sonnenuntergang. Er hat seine Hand in meine geschoben und kuschelt sich an mich. Wir müssen nicht viel sagen, um uns dennoch zu verstehen. Und es tut so wahnsinnig gut, ihn an meiner Seite zu haben.

„Nico hatte Recht, du bist ein Knuddelbär!"

„Ich bin kein Knuddelbär."

„Doch. Streite es nicht immer ab."

Tim schlägt vor, im Schein des Mondes noch einmal baden zu gehen. Als Handtuch könnten wir die Decke benutzen, auf der wir sitzen. Und so stürzen wir uns in die Fluten. Wir toben herum, versuchen einander zu tauchen. Ab und zu lasse ich ihn gewinnen.

Im Licht des aufgehenden Vollmondes sieht er mir tief in die Augen, während er seine Arme um meinen Nacken legt. Er blinzelt kaum, zumindest fällt es mir nicht auf. In seinen Augen sehe ich dieses Mal keine Traurigkeit.

„Marek, könntest du dir vorstellen, mich zu lieben?"

„Schon zu spät, Tim. Viel zu spät!"

„Oh. Das ist schön."

Wir küssen einander innig, während das Wasser unsere Körper umspült. Ich möchte nicht, dass dieser wundervolle Moment jemals aufhört.

Sein Flieger geht am nächsten Morgen und außer seiner Adresse bleibt mir nur ein Foto. Die letzten vier Tage meines Urlaubs am Sonnenstrand verbringe ich meist am Strand. Sehr oft ertappe ich mich dabei, dass ich sehnsüchtig in die Richtung sehe, aus der Tim jetzt eigentlich kommen müsste. Doch er wird nicht auftauchen.

Eine Woche nach meinem Urlaub setze ich mich Freitagmittag ins Auto. Mein Weg führt mich nach Sonneberg. Ich will Tim überraschen und ihn wiedersehen, vielleicht sogar ein bisschen Zeit mit ihm verbringen.

Als ich aus dem Auto steige und er mich entdeckt, rennt er wie von der Tarantel gestochen über die Straße. Er achtet nicht einmal auf den Verkehr. Strahlend wirft er seine Arme um meinen Hals – wir fallen beinahe um.

„Marek, was machst du hier!?"

„Ich musste dich wiedersehen."

Sein Bruder beobachtet uns von der gegenüberliegenden Straßenseite. Die Blicke, die er für uns übrig hat, sind keine wirklich guten. Immerhin schweigt er.

Die nächsten Stunden vergehen leider wie im Flug. Viel zu früh müssen wir uns wieder trennen. Aber Tim muss nach Hause, wenn er nicht noch mehr Ärger haben möchte. Doch schon am nächsten Morgen sehen wir uns wieder. Bis zu meiner Rückfahrt am Nachmittag hängen wir nahezu ununterbrochen aneinander. Es ist ein wunderschönes, ein unbeschreibliches Gefühl.

„Du bist so schön weich, mein Knuddelbär."

Im Radio läuft „Jugendliebe" von Ute Freudenberg.

Geständnisse

Drei Wochen später jogge ich mit Mutti wieder einmal sieben Kilometer durch den Wald – so wie wir es jeden Sonntag tun. Ich habe diesen Zeitpunkt bewusst gewählt. Will ich doch sichergehen, dass sie nicht überreagieren kann. Zu tief sitzt noch die Erinnerung an Mario und den anschließenden Besuch beim Psychiater. Nach der Strecke ist sie meist außer Atem. So fühle ich mich sicherer bei dem, was ich ihr zu sagen habe.

„Mutti", beginne ich zögerlich, „ich muss … dir etwas sagen … etwas gestehen."

Fragend schaut sie mich an.

„Ich mag Jungs … keine Mädchen. Ich bin schwul!"

Zunächst reagiert sie gar nicht. Dann bricht sie in Tränen aus und fragt, was sie denn in meiner Erziehung falsch gemacht habe, dass ich so geworden sei. Immer wieder wiederholt sie ihre Worte. Sie sucht nach Erklärungen, nach Gründen und nach der Schuld bei sich.

„Was habe ich nur falsch gemacht?"

Mir fielen da schon ein paar Dinge ein, aber nichts, was mich in meiner Sexualität beeinflusst hätte.

„Nichts, Mutti! Ich bin nun mal so!"

Ich nehme sie behutsam in den Arm.

„Ich war schon immer so. Und ich bin sehr froh, dass es jetzt endlich raus ist."

Wir unterhalten uns noch eine ganze Zeitlang. Ihre Zweifel kann ich nicht abschalten. Wenn sie nur wüsste, wie lange ich an mir gezweifelt habe. Vielleicht ist es besser, wenn sie es nicht weiß.

Dann fahren wir gemeinsam nach Hause.

Mein Bruder Tonda grinst nur, als er die Neuigkeit erfährt. Vielleicht ist es ihm einfach nur schon seit langer Zeit klar, dass ich „anders" bin. Immerhin scheint er damit kein Problem zu haben. Nicht mal ein dummer Spruch.

Vati hingegen scheint das Coming-Out nicht wirklich zu interessieren. Es ist auch leider auch später nur sehr selten Thema in unseren immer noch seltener werdenden Gesprächen. Ich hab manchmal das Gefühl, dass er sich für mich schämt. Am liebsten mit mir nichts zu tun haben möchte. Ob er weiß, dass ich mir all die Jahre nur seine Liebe, seine Zuneigung gewünscht habe?

Meine erste große Liebe Anton habe ich leider nie mehr wiedergesehen. Die Begegnung in der Berufsschule ist unsere letzte gewesen. Zu gern hätte ich gewusst, was aus ihm geworden ist. Und wie er über mich und meine Gefühle für ihn denken würde. Sein Gesicht kann ich auch jetzt - Jahre später - noch deutlich vor mir sehen, wenn ich meine Augen schließe.

Vor allem seine stahlblauen Bergseeaugen und die Haarsträhne, die ihm ständig in seine Augen fiel, kann ich einfach nicht vergessen.

Aber will ich das denn?!
Nein!

Außerdem habe ich ja jetzt Tim. Und vielleicht, aber wirklich nur vielleicht bin ich ja doch ein Knuddelbär.

In Kürze erscheint aus der Reihe
„Vom Erwachsenwerden und Anderssein"

Michael Bulling
Mau Loa 'Ohana - Reise nach Nu'uanu

Der 12-jährige Johannes reist seinem Vater, dem schwerreichen Hotelmagnaten, ständig hinterher. Sei es nach Singapur, New York, Jakarta, Tokio oder Vancouver. Für ein paar Wochen oder gar Monate wohnt er dann meist allein in Hotels. Seinen Vater sieht er dabei kaum.

Nun führt ihn seine Reise in die bezaubernde Welt des vulkanischen Südseeparadieses Hawai'i.

Dort ist alles irgendwie ganz anders.